Sinhá Moreira

Uma mulher à frente do seu tempo

Lílian Fontes

Sinhá Moreira

UMA MULHER À FRENTE DO SEU TEMPO

GRYPHUS

CEMIG
A Melhor Energia do Brasil.

GOVERNO DE MINAS
CULTURA

CBMM

LEI DE INCENTIVO À CULTURA
MINISTÉRIO DA CULTURA

BRASIL
UM PAÍS DE TODOS
GOVERNO FEDERAL

Coordenação Editorial
Gisela Zingoni e Ana Montenegro

Pesquisadora
Monique Sochaczewski Goldfeld

Capa e Caderno de Fotos
studioormus.com

Editoração Eletrônica
Paulo Roberto Baptista

Revisão
Maria Helena da Silva

CIP-Brasil. Catalogação-na-fonte.
Sindicato Nacional dos Editores de Livros, RJ.

F766s

Fontes, Lílian, 1958-
Sinhá Moreira / Lílian Fontes. - Rio de Janeiro : Gryphus ; Belo Horizonte, MG : CEMIG : Cia. Brasileira de Metalurgia e Mineração, 2007.
il.

ISBN 978-85-60610-00-6

1. Moreira, Luzia Rennó, 1907-1963. 2. Escola Técnica de Eletrônica Francisco Moreira da Costa. 3. Escolas técnicas - Brasil - História. 4. Eletrônica - Estudo e ensino - Brasil. 5. Técnicos em eletrônica - Formação - Brasil. 6. Santa Rita do Sapucaí (MG) - História. I. Título.

07-0193. CDD: 920.72
CDU: 929:-055.2(815.12)

18.01.07 22.01.07 000140

GRYPHUS
Av. Erasmo Braga, 299 - 7º andar - 20020-000 - Rio de Janeiro - RJ
Tel.: (0XX21) 2533-2508 - www.gryphus.com.br
e-mail: gryphus@gryphus.com.br

Sumário

Prefácio

Ao terminar o velho curso científico em Caratinga, eu ainda não sabia, com muita exatidão, o que ia ser na vida. Ou melhor: não sabia que título de doutor ia oferecer a meu pai. Também não estava muito certo se devia ir para o Rio de Janeiro ou para Belo Horizonte, em busca do meu futuro. Havia feito o Tiro de Guerra na minha cidade e, dessa obrigação, já estava livre. Como os trilhos da Estrada de Ferro Leopoldina começavam no centro do Rio de Janeiro e terminavam quase na porta da minha casa, tudo me levava a crer que era só pegar minha malinha, ir *com minha mãe até a porta e meu pai até o porto* – ou melhor à estação – e desembarcar na capital da república. Acontece que, naquele ano de 1951, com a exata metade do Século XX começando, os heróicos aviões bimotores salvados da Grande Guerra – os durabilíssimos DC-3 – começaram a voar de um pequeno e precário aeroporto um pouquinho mais distante da porta da minha casa, mas com a capacidade de chegar muito mais depressa do que os trens da Leopoldina à outra capital, Belo Horizonte. Um pequeno fato que mudou a vida e o destino de uma comunidade inteira. Mudou tudo: hábitos, modas, costumes, influências, sonhos, tendências, projetos, escolhas, conceitos, tudo. O que sempre me levou a perguntar: que sutil movimento da Terra muda nossos rumos, altera a direção que não depende de nossas escolhas? Em que momento, por exemplo, uma vida não exatamente ligada à nossa se torna, para nós, uma existência humana transformadora? Qual a possibilidade do vôo de um avião guerreiro traçar novos ares para o destino comum de um grupo?

Quando vários contemporâneos meus, que viviam numa cidade pequena como era a minha Caratinga, voltados também de costas para Belo Horizonte – os olhos mirando São Paulo, como nós mirávamos o Rio – decidiram que a capital mineira era seu destino, nós, juntos, descobrimos que alguém tinha movido as pedras do tabuleiro de nossas vidas.

Foi numa república de estudantes que nos encontramos para ficarmos amigos para o resto da vida: os meninos de Caratinga e os meninos de Santa Rita do Sapucaí. Voam os anjos que decidem nossos destinos.

No nosso caso, os alterados – no sentido contido neste texto – rapazes de Caratinga, nosso anjo alterador foi um avião. No caso dos protegidos da santa das causas impossíveis do rio Sapucaí, seu anjo foi mais plausível; para mim, quase uma visão. Quando descobri que seu nome era Sinhá, imaginei uma doce velhinha velando por seus meninos. Só agora, quase no momento de escrever estas linhas, foi que descobri que ela era – para mim, hoje, passado dos setenta – uma menina iluminada. Depois de dar quase uma volta no nosso planeta, ela retornou à sua terra natal como uma iluminista de outros tempos, com uma visão de mundo e uma generosidade inigualáveis.

Por sorte, nosso grupo de Caratinga não era dos menos brilhantes – pelo menos, éramos muito espertos – mas o grupo de Santa Rita nos encantou pelo seu alto nível de conhecimento e informação. Eles estavam ali por meritória conquista, haviam ganho, por seu talento, a bolsa de Dona Sinhá Moreira, uma de suas inúmeras iniciativas símbolo.

Nós os invejamos por isso e sonhávamos que Caratinga também pudesse ter a sorte que a comunidade de onde eles vieram havia tido com a transformadora existência desta mulher extraordinária, cuja vida está contada neste livro. Tanto mencionei este fato aos novos – e eternos – amigos que fiz naqueles tempos de república de estudantes que, agora, fui lembrado para esta honrosa missão de traçar aqui estas primeiras palavras de apresentação. Gosto muito de ser o autor desta homenagem a essa lendária figura que marcou muito minha vida. E sonhar para que, em cada uma das comunidades de nosso estado, seu povo tenha a felicidade de ver nascer em sua terra um anjo da guarda assim, com consciência social, com desmedida generosidade e uma forma de crer que há um Deus que aponta os anjos que devem nos guiar.

Ziraldo

Introdução

A década era 50. O impulso para a era industrial decorria do desenvolvimento na área de eletrônica que vinha ocorrendo em todo o mundo. A descoberta do transistor, em 1948, a compactação dos circuitos, a invenção da televisão indicavam o surgimento de uma nova era.

Vendo este panorama, uma mulher de uma pequena cidade de Minas Gerais, mulher que, na década de 30, havia conhecido o México, os Estados Unidos, Portugal, Bélgica, China e Japão, teve a idéia de criar uma escola para suprir a carência de mão-de-obra especializada naquela área no Brasil. Procurou os melhores professores de São Paulo e Minas Gerais, expondo a sua intenção e conseguindo deles a ajuda para elaborarem esse projeto. Fizeram um estatuto aprovado pelo então presidente Juscelino Kubitschek que, no dia 17 de setembro de 1958, assinou o Decreto nº 44.490 criando os cursos de eletrônica em nível médio no Brasil. No ato da assinatura, orgulhosa por estar conseguindo realizar este empreendimento, ela fez questão que o presidente assinasse com uma caneta de ouro que levara em sua bolsa na viagem à capital, a cidade do Rio de Janeiro.

Essa mulher se chamava Luzia Rennó Moreira e a cidade onde fundou a ETE, Escola Técnica de Eletrônica, escola pioneira com uma proposta acadêmica revolucionária para a época, chama-se Santa Rita do Sapucaí, no sul de Minas Gerais.

Até então, Santa Rita era centrada na produção de café, e sua localização privilegiada (a 200km de São Paulo, 350km do Rio de Janeiro e a 400km de Belo Horizonte) possibilitava o acesso aos três principais centros do país. Hoje, Santa Rita do Sapucaí, com cerca de 35 mil habitantes, é considerada o centro do Vale da Eletrônica, o Vale do Silício brasileiro, com uma oferta de emprego maior que a mão-de-obra disponível. E esse desenvolvimento se deve a Luzia Rennó Moreira, mais conhecida como Sinhá Moreira.

Sinhá nasceu dia 17 de setembro de 1907 e viveu numa época em que a mulher pouco aparecia no cenário histórico, sempre subjugada pela fala dos homens. De uma família de fazendeiros de café cujo pai foi banqueiro – um dos fundadores do Banco Nacional – casou com diplomata, viajou por diversos países e viveu no Japão na mesma época que a artista plástica, também mineira, Maria Martins, mulher do embaixador Carlos Martins. Retornou ao Brasil, desquitou-se em 1941, fato raro para a época, e voltando a morar na cidade onde nasceu, se dedicou a projetos de habitação, saúde e educação.

Com inteligência e determinação, Sinhá Moreira criou a primeira escola de eletrônica da América do Sul. Com sua visão universal, Sinhá empenhou-se em desenvolver um trabalho no seu microuniverso, numa cidade que mal aparecia no mapa de seu país. No entanto, hoje, essa cidade é exemplo reconhecido mundialmente graças a Sinhá Moreira.

"Na sua modéstia, na sua simplicidade, Dona Sinhá Moreira dá um lindo quinau nos nossos ricaços de vistas curtas, que cuidam só servir o dinheiro para luxos de novo-rico, e exibições no El Morocco e no Elephant Blanc. Milionário brasileiro ainda não aprendeu que, no mundo de hoje, o rico tem de se fazer perdoar pela sua riqueza, suprindo, com iniciativas de cultura e assistência social, as lacunas do serviço público. E então aqui, onde o imposto de lucros extraordinários não funciona, e o imposto de renda só onera realmente os assalariados, - eles deviam, mais que nenhum outro, pensar um pouco nos problemas de seu país."

Raquel de Queiroz. Revista *O Cruzeiro*, 14 de março de 1959.

Aqui está, portanto, o relato de sua vida desde a infância nas fazendas de café, as viagens com os pais para o Rio de Janeiro e para a cidade de Santos, que fora então o maior porto exportador de café do mundo, até a idade adulta quando então, após ter conhecido diversos países, se dedicou a um projeto de educação inédito na história do Brasil e que ainda permanece vivo, funcionando como um verdadeiro campus acadêmico na pequena cidade de Santa Rita do Sapucaí.

Sobre Santa Rita do Sapucaí

Santa Rita do Sapucaí foi reconhecida como cidade em 1892. Sua história começa por volta de 1800 quando chegou a esse vale um casal de portugueses, Manuel José da Fonseca e Genoveva Maria Martins da Fonseca, com seus dois filhos e a imagem de Santa Rita de Cássia, trazida de Portugal, onde depositavam sua fé e esperança. Vinham à procura de um sítio longe dos problemas relativos à política de Portugal. Gostaram do clima, acharam a terra boa e decidiram construir sua casa às margens do rio Sapucaí.

Trabalharam duro, arando a terra, criando gado, até que um dia Manuel adoeceu. Dona Genoveva recorreu a Santa Rita de Cássia, a santa das causas impossíveis, fazendo a promessa de que se o marido melhorasse, eles construiriam uma capela e doariam um quinhão de terras. A melhora veio. E assim, em 2 de maio de 1821, foram doados oito alqueires de terra e, em 22 de maio de 1825, o padre Mariano Accióli de Albuquerque celebrou a primeira missa, marco da fundação de Santa Rita do Sapucaí.

O nome da cidade tem origem em homenagem a Santa Rita de Cássia, a Padroeira, e ao rio Sapucaí que cerca a cidade em toda sua extensão. O termo Sapucaí possui dois significados: "água que grita", em alusão às cachoeiras que existem nas nascentes, e "rio que chora", devido à grande quantidade de salgueiro-chorão ao longo de suas margens.

A pequena cidade foi elevada a vila em 1º de setembro de 1888 e elevada a cidade em 24 de maio de 1892. Seu desenvolvimento se deu baseado na produção cafeeira e na criação de gado leiteiro.

Minas Gerais é o estado mais elevado do país, com 57% das terras acima dos 600 metros de altitude (serras da Mantiqueira e do Espinhaço). O entorno de Santa Rita do Sapucaí ainda é a paisagem de morros verdes com plantações de café, mas a cidade se desenvolveu incorporando todos os serviços de uma grande cidade, mantendo a predominância de casas ao invés de edifícios, conservando a tranqüilidade, um misto de vida provinciana com progresso. Hoje em dia, é a indústria de tecnologia a responsável por mais da metade do PIB local. O Instituto Nacional de Tecnologia – INATEL – criado em 1965, aí se instalou, fruto do desempenho da ETE, a Escola Técnica de Eletrônica, fundada por Luzia Rennó Moreira, a Sinhá Moreira. Santa Rita do Sapucaí se tornou exemplo de empreendorismo para outros municípios do país. E esse sucesso se deve a perseverança dessa mulher.

Sua Infância

Sinhá Moreira nasceu na fazenda Moreira, o Chalé, como costumavam chamar, onde seus pais, Francisco Moreira da Costa e Maria Palma Rennó Moreira, mais conhecida como Mindoca, viviam. Antes de seu nascimento, o casal havia tido um menino que nasceu com um problema de visão e morreu meses depois. Sua mãe, muito religiosa, ao ficar grávida, novamente, fez promessa para Santa Luzia que, se nascesse uma criança perfeita e menina, ela daria o nome de Luzia.

Seu nascimento trouxe completa alegria. Era a menina do *sinhô*, dono da fazenda. *Sinhô*, assim os escravos chamavam os seus senhores e *Sinhá-moça, sinhazinha*, era a forma feminina para *sinhô*. Era comum os empregados das fazendas, recém-alforriados, chamarem as filhas dos patrões de sinhá-moça, a sinhazinha. Luzia Rennó Moreira passa, então, a ser conhecida como sinhá e, mais tarde, Sinhá Moreira.

A fazenda Moreira era uma propriedade extensa dedicada à lavoura do café e da cana-de-açúcar, adquirida por seu pai

Francisco, após a morte de Antônio Moreira da Costa, seu avô, que veio a falecer poucos anos depois de seu casamento com Dona Mindoca.

O avô de Sinhá Moreira, Antônio Moreira da Costa, nascido em 1842, na Vila do Conde, em Portugal, veio para o Brasil aos 12 anos de idade, acreditando que em terras brasileiras conseguiria uma vida melhor do que a de seus pais em Portugal. Juntou tudo que possuía – duas camisas, um par de calças novas, uma jaqueta – numa pequena trouxa pendurada a um bordão e partiu num navio para a cidade do Rio de Janeiro, fazendo serviços de ajudante de cozinha. Depois de trinta dias de viagem, foi trabalhar na loja de um tio, dono de uma Casa Comercial e Comissária. Mas nesse lugar ficou por pouco tempo. Por ter provocado um incidente com um dos empregados da casa, incidente este não revelado, Antônio, temendo uma reação enérgica de seu tio, resolveu fugir, chegando ao Largo de Santa Rita no Rio de Janeiro, de onde a tropa de Francisco Carneiro Santiago estava saindo para o interior de Minas Gerais.

Chegando à fazenda de Água Limpa, em Cristina, estado de Minas Gerais, *Sô* Francisco (como os mineiros passaram a se referir a *senhor* ou *sinhô)* estava relutante em absorver Antônio, em tê-lo em seus serviços, pois o achava muito pequeno para dar conta dos trabalhos. Mas uma situação foi definitiva para mudar seu destino: Sô Francisco o observava, justamente pensando no que fazer com ele, quando um leitãozinho ficou preso num buraco de uma cerca e o menino Antônio imediatamente foi socorrê-lo. Vendo sua atitude decidida e espontânea, o fazendeiro resolveu contratá-lo para cuidar dos porcos.

Aos poucos, Antônio foi se dedicando a outros trabalhos, adquirindo a confiança e admiração do fazendeiro. Era ele quem ia ao Rio de Janeiro buscar mercadorias e vender os produtos da fazenda, trazendo somas acima do esperado, o que deixava *Sô* Francisco bastante entusiasmado.

Nessa época, a região vivia da produção agropecuária, dando lugar a muitas fazendas. A vida social se resumia às visitas que entre si faziam as famílias das fazendas. Havia uma estratificação social muito definida entre os fazendeiros, seus funcionários e escravos. A propriedade de Francisco Carneiro Santiago fazia divisa com a fazenda da Pedra, na vila de Cristina, onde morava seu irmão. Reuniões familiares aconteciam, as mulheres em seus vestidos bordados, trazendo suas filhas, meninas recatadas, os homens conversando sobre a produção e as formas de comercializá-la, um café sendo servido. Assim, Antônio conheceu Maria Cândida Ribeiro, sobrinha de *Sô* Francisco, filha de Inácio Joaquim Ribeiro e Maria Joaquina Carneiro. Toda a família já o respeitava pelo seu espírito trabalhador e pela sua honestidade. Não demorou muito para que o casamento entre eles acontecesse, fazendo com que Antônio se tornasse membro da família.

O casal passou a residir na fazenda da Pedra, onde teve oito filhos: Antônio Moreira da Costa, Delfim Moreira da Costa Ribeiro, José Moreira da Costa, Mariana Ribeiro da Costa, Elisa Moreira Ribeiro da Costa, Francisco Moreira da Costa, Pedro Moreira da Costa e Maria Moreira Ribeiro da Costa.

Em 1884, em visita a parentes de sua mulher que residiam em Vila Santa Rita, na época ainda um arraial, Antônio conheceu as terras da margem esquerda do rio Sapucaí, cujo proprietário tencionava vendê-las por estar de mudança para a província de São Paulo. Com a morte dos sogros, Antônio resolveu vender a partilha da família que cabia ao casal da fazenda da Pedra, instalando-se definitivamente em Santa Rita do Sapucaí, denominando a nova propriedade de Pedra Redonda. Este foi o seu primeiro investimento nas terras de Santa Rita do Sapucaí, onde começou o plantio de café e cereais. Por ter construído uma casa de altas cumeeiras, o pessoal da região passou a chamá-la de fazenda do Chalé.

Era muito bem cuidada, com vastos campos e, no tempo da escravatura, Antônio enfrentou sozinho os motins de escravos, tendo-lhes concedido a liberdade antes da Abolição. Com seu espírito empreendedor, instalou a primeira máquina de beneficiar café de todo o sul de Minas. Era acionada por motor, que fez vir do Rio de Janeiro arrastado por bois.

O avô de Sinhá Moreira não parava. À medida que sua situação financeira ia se estabilizando, ele investia no progresso da cidade. Desta forma, o terreno onde foi construída a Santa Casa de Misericórdia foi doado por ele e, portanto, leva o nome de Antônio Moreira da Costa. Esse traço de sua personalidade alinhavou as gerações que vieram posteriormente.

O pai de Sinhá Moreira era um dos filhos de Antônio Moreira da Costa. Francisco, nascido em 1º de dezembro de 1877, na fazenda da Pedra, veio com os pais para Santa Rita do Sapucaí aos nove anos de idade. Seu pai, preocupado em dar aos filhos uma boa educação acadêmica, mandou Francisco estudar em Pouso Alegre, MG, voltando após encerrar seus estudos, quando se casou, em 21 de abril de 1900, com Maria Palma Rennó, conhecida como Mindoca.

O bisavô de Maria Palma Rennó, Johann Rennow (Dr. João Rennó) nasceu na cidade de Ludgwiglust, Alemanha, em 1790 e faleceu em São Bento do Sapucaí, São Paulo, 1874.

Capitão-médico do Exército prussiano, deixou Berlim com destino ao Brasil em 1817, como enviado especial do rei da Prússia, Frederico Guilherme III, estabelecendo-se na vila de Curitiba, Paraná.

Em junho de 1820 converteu-se ao catolicismo e em 1º de agosto do mesmo ano casou-se com Dona Ana Joaquina Ferreira, filha do sargento-mor, Antônio José Ferreira, governador da vila de Curitiba.

Anos depois, estimulado pelo cunhado, Cândido José Ferreira, que adquirira uma propriedade rural em Itajubá, sul de Minas, comprou uma fazenda vizinha onde fixou residência. Lá criou seus oito filhos, entre eles João Joaquim Rennó, avô de Dona Mindoca, filha de João Francisco Rennó.

Francisco Moreira da Costa e Maria Palma Rennó Moreira tiveram três filhos: Sinhá Moreira, nascida em 17 de setembro de 1907, Maria do Carmo, mais conhecida como Carminha, em 7 de março de 1910 e, em 15 de fevereiro de 1913, Delfim Rennó Moreira. Enquanto crianças, tiveram o aconchego das terras da fazenda: muito campo para correr, árvores para subir, jabuticabeira, leite tirado direto da vaca, cavalos, cachorros, bolos de fubá na hora do lanche. Mas, passado algum tempo, preocupado em dar escola para os filhos, Francisco construiu uma casa no centro de Santa Rita, junto à praça da igreja Matriz, onde já existiam a casa das famílias de Antônio de Cássia Rodrigues Dias, de Joaquim Ribeiro de Carvalho, dos Carneiro, Ribeiro, Santiago e Paulo Souza. Ao iniciarem os estudos das crianças, a família fixou residência em Santa Rita do Sapucaí, indo à fazenda nos fins de semana.

Sinhá Moreira teve uma educação extremamente cuidadosa. Seu pai foi um homem nascido numa fazenda, criado em cidade, mas os estudos lhe deram a vivência dos grandes centros. Seguindo sua origem, Francisco tinha o dom de empreender. Como produtor de café, alcançou épocas de safra promissora e comprou terras no estado de São Paulo, perto do município de Itapira, e no Paraná, que ficavam entre Santa Mariana e Cornélio Procópio.

A capacidade de montar patrimônio repercutiu no seu empenho em educar os filhos com o que havia de mais evoluído na época. Sinhá Moreira e seus irmãos puderam usufruir de uma educação que proporcionava o desenvolvimento das mais diversas aptidões. No fundo de sua casa foi construída uma quadra onde tiveram aulas de tênis e de vôlei, com professor que vinha de fora. Chegaram a fundar o "Santarritense volley-ball club". Além disso, tiveram também aulas de piano, de pintura, inglês e francês.

Na sua adolescência, Sinhá Moreira teve contato com os maiores centros urbanos da época: a cidade de Santos e o Rio de Janeiro, então a capital do país. Dona Mindoca, mãe de Sinhá Moreira, vinha ao Rio com as filhas e freqüentava uma costureira a quem encomendava roupas que estavam na moda em Paris como vestidos bordados, sapatos e acessórios. A família vestia-se com elegância.

A década de 20 foi uma época de grandes mudanças na sociedade brasileira e a família de Sinhá Moreira acompanhou esse processo. Durante a Primeira República (1889-1930) a economia brasileira ainda se caracterizava pelo predomínio da atividade agroexportadora. O café, o açúcar, a borracha, o cacau e o fumo eram os principais geradores de divisas para o país. A lavoura cafeeira, a partir do comércio exportador, foi responsável pela formação de um capital que contribuiu para a expansão da atividade industrial, a ampliação das vias férreas e a modernização dos portos do Rio de Janeiro e de Santos. O café foi o primeiro produto de exportação controlado principalmente por brasileiros, consolidando a hegemonia política e econômica do Centro-Sul, transformando-o na região brasileira onde o desenvolvimento capitalista foi pioneiro e mais acentuado.

O pai de Sinhá Moreira, passando a ser conhecido por coronel Chico Moreira, produtor de café, veio então a participar desse processo. Seus negócios exigiam que fizesse viagens freqüentes ao Rio de Janeiro, capital do país, e Santos cujo porto, durante o período de 1880 a 1935, foi considerado o maior exportador de café do mundo.

Rio de Janeiro: a avenida Central era o símbolo da modernização. Inspirada no planejamento dos bulevares parisienses, do barão de Haussnann, com seus edifícios em arquitetura eclética, sua inauguração trouxe à cidade um caráter suntuoso, oferecendo o cenário para o desfile de uma nova sociedade. O coronel Chico Moreira viajava com a família, hospedando-se no Palace Hotel, na esquina da avenida com a Almirante Barroso. Sinhá Moreira e sua irmã Carminha passeavam pela avenida Central, olhando as vitrines de cristal com artigos parisienses, as mulheres em seus vestidos elegantes, homens de terno com gravata e colete e chapéu. Os faróis dos carros, os globos elétricos da iluminação pública, abriam-lhe os olhos para o mundo cosmopolita. Dona Mindoca, influenciada pelo comportamento social da cidade, vestia seus filhos com o que havia de mais atual. Pode-se observar a postura de Sinhá Moreira nas fotos de família. Sempre com roupas da cidade. Aos nove anos, a moda ditava meias curtas, sapato fechado, saia acima dos joelhos. Já aos quinze, convinha usar meias compridas por debaixo dos vestidos, que deveriam cobrir os joelhos e, para compor a vestimenta, um laçarote no cabelo.

Quando voltavam para Santa Rita do Sapucaí, o contato era com uma realidade mais provinciana. A casa em que moravam tinha uma varanda de onde se via a praça principal e também de onde se costumava ficar olhando os passantes, trocando conversas sobre amigos e parentes.

Sinhá Moreira estudava na Escola Normal, destino praticamente obrigatório para as moças da época. Todas se tornavam normalistas. E na escola de Sinhá havia a eleição para a rainha dos estudantes. Não visava a beleza da moça e sim um concurso para escolher uma jovem que quisesse dar atenção ao estudante pobre. Sinhá Moreira ocupou esse cargo se empenhando inteiramente para não deixar faltar dinheiro em caixa. Uma educação preocupada em responsabilizar o aluno a facilitar os estudos dos que não tinham a mesma oportunidade.

A vida de Santa Rita do Sapucaí era tranqüila. Havia o movimento junto à estação de ferro, aberta em 1894. À margem esquerda do rio Sapucaí, carroças carregando e descarregando mercadorias, charretes e carros de praça disputando lugar junto à rampa de acesso à plataforma. Francisco de Andrade Ribeiro montou uma máquina de café; o coronel Chico Moreira construiu um grande armazém para depósito da sua mercadoria a ser exportada. Dois hotéis e casas de negócio surgiram em função desse movimento. Nas horas da chegada dos trens – nove da manhã, quatro da tarde e nove e meia da noite – casais de namorados e famílias faziam seu passeio.

No início, as águas do rio Sapucaí dividiam os moradores das duas margens, que usavam canoas para o transporte. A primeira ponte construída era de madeira e localizava-se onde hoje existe a de concreto, ao lado do clube. A iniciativa foi do capitão João Antônio Dias, que a construiu para ligar a cidade às terras de sua filha Ana Cândida, esposa de um proprietário de fazendas na margem esquerda do rio, o senhor Joaquim Cândido Rodrigues. Por essa ponte, Santa Rita do Sapucaí abria-se para o mundo, pois por ali as tropas podiam seguir para Rio de Janeiro, Paraty e São Paulo.

Em 1875, uma grande enchente arrastou a ponte. Anos depois, outra foi construída, mais abaixo, desta vez de madeira coberta de zinco, por Joaquim dos Santos, que construiu uma porteira e cobrava cem réis para cavalos e carroças. Em 1906, outra grande enchente, a maior já vista na cidade, arrastou a rua da Palha, à margem do rio, tornando inviável a travessia por ali.

Pontes são história na cidade de Santa Rita. Quando Delfim Moreira foi governador de Minas Gerais, por volta de 1914, conseguiu que transportassem uma ponte de ferro abandonada às margens do rio Casca para o rio Sapucaí. Serviu muitos anos à cidade até que num episódio dramático a ponte se foi: num batismo de protestantes no rio, ela não resistiu ao peso da multidão que se acumulou para assistir a cerimônia e desabou, matando várias pessoas.

Quem foi Delfim Moreira na vida de Sinhá

O pai de Sinhá Moreira teve sete irmãos. Um deles chamava-se Delfim Moreira da Costa Ribeiro e chegou a ser presidente do Brasil.

A história de Delfim Moreira cabe aqui ser relatada porque aponta para a característica do estilo mineiro de ser, do espírito político de um povo.

Quando Antônio Moreira da Costa, seu pai, de quem tanto falamos, adquiriu a fazenda Pedra Redonda, mais tarde fazenda Moreira, em Santa Rita do Sapucaí, mudou-se para lá com a família.

Delfim, depois de ter feito seus primeiros estudos no colégio Santa Rita, e no colégio Mendonça dirigido pelo padre Francisco Fraissat na vizinha cidade de Pouso Alegre, MG, foi enviado para o seminário em Mariana, onde levava dois dias para chegar, no lombo de um burro, com um empregado para acompanhá-lo. Um dia, cansado desse esforço, disse ao pai que não queria mais estudar. A reação foi de susto. No entanto, o pai em vez de proferir a sua indignação, como bom mineiro que pensa antes de tomar atitudes, disse-lhe:

– Reflita bem e volte amanhã.

Dia seguinte, o filho voltou com a mesma posição.

O pai, sem enxergar outra alternativa, disse-lhe:

– Todos precisam ter uma profissão e, à vista do que me dizes, não tenho outra senão a minha para te dar. Trabalharás na fazenda como eu faço.

Delfim Moreira passou, então, a lidar com foice, enxada, machado em vez de livros. Sob a vigilância do pai, exemplo de tenacidade no trabalho, andava pelas lavouras de sol a sol com os escravos, acordando de madrugada. Quando necessário, guiava tropas através das serras mineiras para fazer as compras e, ao voltar, prestava as contas como um empregado comum.

Após um ano de trabalho no campo, prestigiado por um amigo lavrador, Francisco Ferraz, numa conversa, este o convenceu a voltar aos estudos.

Esta experiência foi decisiva para traçar as preocupações que mais tarde evoluíram para suas posições políticas. O contato com a terra, com o trabalho braçal da lavoura, ouvindo e observando os trabalhadores do nosso meio popular, incutiu em seu espírito a importância da instrução para qualquer tipo de atividade humana.

Foi para São Paulo onde concluiu o curso ginasial no colégio Joaquim Carlos. Lá, ocorreu um episódio curioso: ao discordar de um professor de latim sobre declinação, levou os outros professores, inclusive o diretor, a questionar o seu conhecimento sobre aquela língua. O problema foi solucionado por um abade erudito no assunto que acatou a observação do aluno. Em vista disso, o diretor da escola se viu obrigado a dispensar o professor e a convidar Delfim Moreira a assumir a cadeira de latim.

Seguro de que sua curiosidade pelos estudos estava dando-lhe frutos, continuou nesse caminho e, em 1886, matriculou-se na Faculdade de Direito de São Paulo, onde fez brilhante curso, desenvolvendo atividades paralelas. Em 1888, fundou o jornal *República Mineira* e o *Vinte e Um de Abril*, com os colegas Pinto de Moura e Estêvão Lobo.

Aí, iniciou-se a sua carreira republicana. Fazendo intensa propaganda nesses jornais pela Proclamação da República no Brasil, colaborou para a reorganização do *Clube Republicano Acadêmico.*

Com 23 anos, em 1890, conquistou o grau de bacharel em Ciências Jurídicas e Sociais, pela Faculdade de Direito de São Paulo.

Logo depois de formado, foi nomeado promotor público de Santa Rita do Sapucaí, cargo que exerceu por um ano, passando depois para juiz municipal dessa mesma cidade e, em seguida, nomeado promotor público de Pouso Alegre.

Totalmente tomado por idéias democráticas, passou a freqüentar grupos que adotavam a forma de governo republicana. Sabia de cor trechos do Manifesto de 1870, citava, freqüentemente, nomes desses grandes brasileiros como Saldanha Marinho e Galdino Emiliano das Neves.

Já casado com sua prima Francisca Ribeiro de Abreu, filha do agricultor, banqueiro e político, Joaquim Inácio Ribeiro, com quem teve cinco filhos, ocupava o cargo de presidente da Câmara Municipal de Santa Rita do Sapucaí quando, em 1894, foi eleito deputado estadual.

Carreira política iniciada, percurso sem retorno. A responsabilidade com os princípios que impulsionam o desenvolvimento de uma nação provoca-lhe a necessidade em atuar na área social, na área de educação e na economia do país. Assim, tendo sido reeleito para o período de 1898 a 1902, foi convidado pelo então presidente do estado de Minas Gerais, Francisco Antônio de Sales, para secretário do Interior, cargo que ocupou até 1906, quando foi eleito senador federal, tendo apenas 38 anos.

Passados alguns anos de atuação em cargos da Câmara e do Senado Federal e tendo ocupado novamente a função de secretário do Interior de Minas Gerais, durante o governo de Júlio Bueno Brandão, em 1914 foi eleito presidente do estado de Minas Gerais.

Nesse cargo, seu desejo mais profundo era fundar muitas escolas técnico-profissionais para o preparo técnico e intelectual dos operários. E dizia:

"Quando em Minas não mais houver um analfabeto e na terra fertilíssima toda a gente souber manejar uma ferramenta, haverá trabalho para todos e, com ele, prosperidade, bem-estar e riqueza."

Sua administração foi feliz: além de ter dado atenção à instrução e à agricultura, durante seu governo foram abertas estradas e pontes em todos os recantos mineiros. Aumentou, ainda, as exportações, conseguindo reduzir o débito flutuante do estado que de 30.094.593,81 réis, passou a 13.000,00 réis.

Antes de deixar a presidência de Minas, concorreu à vice-presidência da República e foi eleito. Era a consolidação da política do café-com-leite, com um paulista e um mineiro nos cargos máximos da política nacional: Rodrigues Alves, eleito pela segunda vez à presidência, tendo Delfim Moreira como vice, após ter recebido 382.491 votos.

O ano era 1918: Rodrigues Alves, então presidente, contraiu a gripe espanhola e, não podendo comparecer à cerimônia de posse, enviou Delfim Moreira no dia 15 de novembro de 1918. Durante dois meses, muito debilitado, o presidente despachava diariamente com o presidente em exercício, na sua residência no Rio de Janeiro, na rua Senador Vergueiro. No Palácio do Catete, sede oficial da Presidência, o lugar estava sendo ocupado por Delfim Moreira.

Em 16 de janeiro de 1919, o presidente Rodrigues Alves faleceu. A situação do país era de instabilidade, com greves no então Distrito Federal. Tendo mantido o mesmo Ministério, Delfim Moreira pôde contar com seu conterrâneo e então ministro da Viação e Obras Públicas, Afrânio de Mello Franco, para dar continuidade aos trabalhos iniciados por Rodrigues Alves. Grande apoio foi dado ao então prefeito do Rio de Janeiro, o engenheiro Paulo de Frontin, que abriu várias avenidas, aumentou o abastecimento de água e construiu algumas estradas.

Sua permanência como presidente foi rápida pois, pela Constituição de 1891, novas eleições teriam de ser convocadas dentro de um ano. Epitácio Pessoa foi eleito para a Presidência da República, reconduzindo Delfim Moreira para a Vice-Presidência. No entanto, por estar enfraquecido e seriamente doente, com esclerose precoce, Delfim recolheu-se ao seio da família em sua casa de Santa Rita de Sapucaí. Em janeiro de 1920, sua filha Alzira, com 12 anos, faleceu. Não suportando essa dor, seis meses depois, na madrugada de 1° de julho, com 51 anos, o tio de Sinhá Moreira faleceu.

A notícia de sua morte causou consternação no meio político brasileiro. Afrânio de Mello Franco, ainda ministro da Viação, declarou:

"Foi a verdadeira personificação democrática do governo da República. Ele foi, na Presidência, o que todos sentimos: o verdadeiro governo do povo, pelo povo, para o povo, e fê-lo com modéstia e excessivo retraimento às vezes, o que, aliás, projetou para o futuro o reflexo do seu valor."

O corpo do vice-presidente foi enterrado no jazigo da família Moreira em Santa Rita do Sapucaí e em frente à sua casa foi colocado o seu busto em bronze – obra do escultor Antônio Matos – com uma das suas frases: *"Fazei todo o bem possível a Terra para que as gerações futuras vos abençoem a memória."*

A juventude de Sinhá

Quando o tio morreu, Sinhá tinha apenas 13 anos. Possivelmente, a convivência com ele fora muito pequena. No entanto, sua atuação como político fazia com que seu nome circulasse com muita constância nos jantares de família, nas conversas de rua de Santa Rita. Ouvir desde pequena que seu tio, nos cargos que ocupou, sempre teve a preocupação de investir na educação como a verdadeira promessa para se fazer uma nação, provavelmente passou a ocupar aquele lugar do cérebro em que se molda uma personalidade.

A formação de um caráter tem várias nuances. Além das aptidões, humores e tendências natas, a influência do meio em que vive, as migalhas cotidianas que vão penetrando de maneira inexplicável ficam associadas à sua existência. Sinhá Moreira, desde criança, se mostrou uma pessoa determinada, com vontade de aprender e de atuar socialmente. Além desse tio, outro membro da família, primo de Dona Mindoca, também viria a ter uma atuação bastante presente no quadro político brasileiro. Seu nome: Plínio Salgado, descendente, como Dona Mindoca, da família Rennó, cuja origem se deve à vinda de Johann Rennow, nascido na Alemanha, para o Brasil em 1817. Mas tarde, seu nome fora mudado para "Dr. João Rennó" que fixara residência aqui no Brasil, gerando uma larga família.

Plínio Salgado nascera em 1895, em São Bento do Sapucaí, São Paulo. Escritor e jornalista reconhecido por Monteiro Lobato, que publicou algumas de suas crônicas, participou da fundação do Partido Municipalista, sendo um dos ideólogos da tendência nacionalista denominada Movimento Verde-Amarelo. Elegeu-se deputado estadual pelo Partido Paulista, em 1928, tornando-se o chefe do maior movimento nacionalista da história do Brasil: o Integralismo. Com vários livros publicados, sua presença na história política do país era comentada à mesa de refeição por sua prima Dona Mindoca e pelo coronel Chico Moreira, cultivando em Sinhá Moreira uma visão participativa e crítica às direções que o país buscava politicamente.

Coronel Chico Moreira era um homem dinâmico que soube, a partir de um patrimônio deixado por seu pai, o português que desbravou fazendas em Minas, progredir em seus negócios. O empenho, a vontade e o trabalho foram fatores determinantes para chegar aonde ele chegou.

O termo coronel, denominação usada na época para os aristocratas rurais, dava-lhes um aval para impor o poder, fosse de que forma fosse, não poupando a brutalidade. O coronel Chico Moreira, no entanto, contradizia o gênero clássico do coronel abusado. Era um homem elegante, educado, tolerante, que sabia ouvir antes de expor qualquer ordem. Sua fala mansa, porém firme, associada a sua sobriedade e modéstia, passava confiança e respeito aos que com ele tiveram o privilégio de trabalhar. Sempre preocupado com o desenvolvimento de sua cidade e do estado de Minas Gerais dirigiu a Companhia de Melhoramentos que saneou Santa Rita e fê-la crescer, com novos aterramentos, construindo as pontes necessárias. Compreendendo que a vocação do estado era a atividade agrícola, propôs ao governador Milton Campos a criação, em sua cidade, de uma Escola Elementar de Agricultura. Para isso, doou ao estado uma área ótima próxima à cidade.

No Paraná, onde tinha adquirido muitas terras, Chico Moreira praticamente construiu a cidade de Cornélio Procópio, e na Cidade de Santa Mariana fez uma réplica exata da igreja de Santa Rita do Sapucaí. Como incentivador, nessas suas fazendas do Paraná, cedeu algumas glebas para seus sobrinhos, auxiliando-os na produção do café para que, através desses rendimentos, fossem aos poucos pagando ao tio o referente ao valor da terra.

Sinhá Moreira acompanhava muito o pai em todas as suas viagens.

As visitas a Santos, por exemplo, iriam marcar a vida da família de Sinhá Moreira. Santos, na década de 20, teve amplo desenvolvimento, decorrente da euforia econômica motivada pelos altos preços do café. Os chamados "barões do café" construíram palacetes e mansões, na orla, colocando as praias santistas entre as mais aristocráticas do mundo naquela época. A expansão urbanística traduzia o que a riqueza do café havia trazido para a cidade. Os bondes se encarregavam do transporte público. Eram bonitos, pintados de creme-amarelinho e os preferidos das famílias e das crianças. Passear de bonde era um programa comum aos domingos.

A vida cultural era bastante intensa. Com a inauguração do Theatro Colyseu, classificado entre os melhores do Brasil, a cidade de Santos recebeu as mais importantes companhias de teatro, ópera e operetas, ballet, orquestras e corais, tanto nacionais como as estrangeiras que vinham a São Paulo. Foi nesse teatro que, em 1929, foi exibido o filme que inaugurou a era do cinema falado, Broadway Melody, com a presença do próprio Al Johnson. Nomes de peso do teatro brasileiro, como Guiomar Novaes, Carmen Miranda, Procópio Ferreira, Cacilda Becker, Cleide Yáconis, Sérgio Cardoso, Vicente Celestino, Bibi Ferreira, entre outros, e artistas internacionais, como o bailarino Nijinski, registraram noites memoráveis em seu palco. A noite considerada "de ouro" do Colyseu aconteceu em 1936, quando foi levada a ópera O Guarani de Carlos Gomes, com Bidu Sayão, a mais famosa das sopranos brasileiras.

Ainda na cidade de Santos dos anos 20 surge o Miramar, primeiro grande centro de entretenimento, localizado na esquina da avenida Conselheiro Nébias com a praia, ocupando terreno de 1.800 m² que ia da avenida Bartolomeu de Gusmão até a Epitácio Pessoa. De propriedade do major Jonacópulos, o Miramar tinha duas salas de cinema, uma delas ao ar livre, danças e patinação. Em 1924, ele é comprado pela firma V. Fernandes & Cia, que introduz teatro, bilhares e cassino e o Miramar torna-se o centro das atenções da sociedade santista durante muitos anos.

Em Santos, Sinhá Moreira e sua irmã Carminha, em plena juventude, gostavam de freqüentar as praias da cidade. Maria da Glória Moreira Barbosa, prima de Sinhá Moreira, mais conhecida como Glorinha, conta em carta, que enviou em 20 de março de 1929, para seu noivo, Joaquim Barbosa de Figueiredo:

"Ontem recebi carta de Carminha e também retrato delas em traje de banho de mar, ficou muito bom; elas estão bem gordas, creio que os banhos de mar estão fazendo bem a elas. Sinhá também está gorda, ondulou os cabelos outra vez. Todas estão muito bonitas. Elas ainda estão em Santos, devem seguir para o Rio no dia 30, onde contam demorar uns quinze dias."

Essa carta revela o tipo de vida que Sinhá Moreira e sua irmã levavam nessa época.

Fora uma década efervescente, sobretudo no campo das artes e Minas Gerais sentia reverberar em seu território essa nova onda.

Sinhá Moreira e sua família, em Santa Rita do Sapucaí e nas viagens às grandes cidades, ouviam e absorviam os rumores do modernismo que se iniciava.

Nesse período, a cidade de Belo Horizonte passa a ter um ambiente artístico movimentado. A artista plástica Zina Aita inicia uma exposição modernista que será apresentada dois anos depois na Semana de 22, em São Paulo.

A Semana de Arte Moderna, realizada em São Paulo, em 1922, representa um marco na maneira de ver o Brasil. Sua proposta essencial era de se integrar a uma linguagem moderna, aproveitando as inovações estilísticas e estéticas das vanguardas européias e criar uma modelagem que tivesse as características brasileiras. Dela participaram Anita Malfatti, Di Cavalcanti, Zina Aita, Vicente do Rego Monteiro, Alberto Martins Ribeiro além de Mário de Andrade, Oswald de Andrade, Plínio Salgado, Ronald de Carvalho, Guilherme de Almeida, e muitos mais. Villa-Lobos e outros compositores também tiveram sua participação, assim como alguns arquitetos. A partir desse movimento, no campo das artes plásticas, na literatura, no cinema surgiram obras inovadoras que irão traçar um novo caminho para o desenvolvimento do país.

A repercussão da Semana de Arte de 22, que em Cataguases se manifestava através das páginas da revista *Verde*, estimulou os mineiros a darem vazão a sua arte. Em 1925, Humberto Mauro, nascido em 30 de abril de 1897, numa fazenda de Volta Grande, na Zona da Mata do estado de Minas Gerais, realizou em Cataguases seu primeiro filme, *Valadião, o Cratera*, tornando-se um grande precursor do cinema nacional.

Outro mineiro que cedo entrou para a história do Brasil foi Carlos Drummond de Andrade. Nascido em Itabira, em 1902 escandalizou os leitores brasileiros com o poema "No meio do Caminho", publicado na *Revista Antropofágica*, onde por essa época também veio a público o revolucionário *Manifesto Antropofágico* de Oswald de Andrade, que propunha a reelaboração, com autonomia, da cultura brasileira.

Minas Gerais foi pródiga em intelectuais, escritores e artistas plásticos. Em 1936, o artista Genesco Murta organizou a primeira exposição coletiva de arte moderna, em Belo Horizonte. Aníbal Mattos agitava o ambiente cultural na capital, organizando exposições. Fundou a Sociedade Mineira de Belas Artes e dirigiu a Escola de Belas Artes de Minas Gerais.

Foi uma época excitante. O Brasil queria se impor no panorama mundial. E esse movimento tinha repercussão não só nas artes como também na área econômica, pois desde que, em 1911, foi instalada em Itabira a *Brazilian Hematite Syndicate*, comandada pelo empresário americano Percival Farquhar para explorar minério, a região começou a exportação de minério de ferro de Itabira e a simultânea instalação de uma moderna usina siderúrgica em condições de fabricar produtos básicos de aço. Em 1917, Cristiano Guimarães, Amaro Lanari, Gil Guatimozim, Ovídio de Andrade e Augusto de Lima fundaram, em Sabará, a Companhia Siderúrgica Mineira. Em outubro de 1920, o presidente Artur Bernardes, aproveitando a visita a Minas Gerais do rei Alberto I, da Bélgica, – o "Rei Herói", que resistira às imposições alemãs durante a Primeira Guerra Mundial – no seu desejo de "fabricar os trilhos necessários ao desenvolvimento", propôs ao rei a aplicação de capitais belgas na siderurgia mineira. Assim, a companhia dos engenheiros mineiros foi encampada pela grande belgo-luxemburguesa – *Aciéries Reunies de Bubach-Eich-Dudelange,* – dando origem a uma das mais bem-sucedidas empresas de Minas Gerais, a Belgo-Mineira.

O coronel Chico Moreira, muito atento a todas as novidades, tentava passar para os filhos a importância desse momento para o Brasil, país ainda tão novo e com tanto para se fazer.

Em 1927, Chico Moreira fundou, com Clemente Faria e outros, o Banco da Lavoura de Minas Gerais. Os negócios prosperaram ainda mais e suas viagens tornaram-se mais intensas.

O casamento de Sinhá Moreira

As três primeiras décadas do século XX foram marcadas por uma mudança no comportamento feminino. A atmosfera cosmopolita das cidades passou a ditar novas normas, quebra de costumes e inovação também na rotina das mulheres: passeios pelas avenidas, visitas a lojas, chás, indumentárias sofisticadas. Mesmo assim, as regras conservadoras, baseadas na crença de uma natureza feminina, que dotaria a mulher biologicamente para desempenhar as funções da esfera da vida privada, ainda consideravam que o papel da mulher consistia em casar e gerar filhos. Essa visão correspondia àquilo que a Igreja Católica pregava, médicos, e juristas ensinavam e era legitimado pelo estado. Vários preceitos do Código Civil de 1916 sacramentavam que ao homem, chefe da sociedade conjugal, cabia a representação legal da família, a administração dos bens comuns do casal; à mulher restava a identidade social como esposa e mãe.

A mãe de Sinhá Moreira, Dona Mindoca, encarava essas regras como a garantia de segurança e felicidade para as suas duas filhas. Havia investido numa educação que privilegiava a cultura, o acesso a outras línguas e o curso Normal como o caminho para encontrar um marido que as mantivessem no padrão de vida que seus pais haviam, então, estabelecido. Dona Mindoca, de origem alemã, era uma mulher muito orgulhosa. Seu pai, João Francisco Rennó, possuía uma bela fazenda de café no município de Cachoeira de Minas. Sua mãe, Dona Maria Virgínia, faleceu pouco depois do nascimento da filha Mariquinha, deixando 10 filhos. Dona Mindoca era a mais velha das filhas mulheres e coube a ela assumir a responsabilidade da casa e os cuidados com os irmãos. E essa sua história provavelmente lhe delineou a personalidade, calcada na forma rígida e autoritária que exercia sobre as filhas.

Sinhá Moreira tivera, portanto, uma vida muito vigiada pela mãe. Conhecera um rapaz por quem se interessara – paulista, alto, bonito, um comerciante que viajava muito pela região, em virtude de seu trabalho. Nessa época, a atividade comercial funcionava assim: mercadorias eram trazidas de outros estados pelos viajantes. Chamava-se Olindo, ele e Sinhá tiveram uma forte paixão.

Pensar em sua filha casada com um viajante não agradou a Dona Mindoca, que tratou de mudar imediatamente esse quadro. Decidiram, então, que Sinhá iria casar com o primo Antônio Moreira de Abreu, parente do tio Delfim Moreira. O rapaz havia estudado no Instituto Rio Branco e um diplomata era o que realmente Dona Mindoca almejava para sua filha. Sinhá Moreira não tinha como se opor aos seus pais. Olindo, sabendo dessa notícia, nunca mais apareceu em Santa Rita do Sapucaí.

Antônio Moreira de Abreu, nascido em Santa Rita do Sapucaí, em 10 de março de 1893, se tornou bacharel em

Ciências Jurídicas e Sociais pela Faculdade de São Paulo e cursou o Instituto Itamaraty. Teve carreira promissora ao assumir cargos como oficial de gabinete de seu tio Delfim Moreira, quando presidente do estado de Minas Gerais, de 1914 a 1919, e quando presidente da República no ano de 1919. A partir de 1920, Antônio passou a exercer funções fora do Brasil, a primeira delas como encarregado de negócios em Madrid.

Longo foi o período em que Antônio Moreira de Abreu viveu fora do país antes de se casar com Sinhá Moreira, como vemos nessa carta de 1927:

"Ilustríssimo e Excelentíssimo Senhor Ministro de Estado das Relações Exteriores.

O signatário, 2° Secretário da Embaixada do Brasil na Bélgica, ausente do seu país há 8 anos, tem a honra de requerer a Vossa Excelência se digne conceder-lhe as férias extraordinárias de 6 meses, segundo o artigo 41 do Regulamento de 11 de fevereiro de 1920.

No governo transacto por conveniência do serviço público – essas férias lhe foram recusadas.

Pede-lhe o suplicante – se não houver nisso inconveniente – que elas lhe sejam concedidas de modo a poder partir de Bruxelas na segunda quinzena de janeiro de 1928.

E do deferimento,

E. R. M.

Antônio Moreira de Abreu (assinatura)

Bruxelas, 10 de outubro de 1927."

Suponha-se que nessa época ele tenha vindo ao Brasil para estar com Francisco Moreira e acertar os pormenores de seu casamento com Sinhá Moreira.

Temos, em outra carta, suas colocações quanto a posturas profissionais:

"Rio de Janeiro, 14 de agosto de 1928

Senhor Chefe do Gabinete,

Em resposta a comunicação, datada de 3 de fevereiro deste ano, tenho a honra de informar a Vossa Excelência que, por razões de saúde, os postos de minha preferência são os de clima mais frio.

Dando-me mal nos climas quentes, o meu trabalho terá maior eficiência, como é natural, nos climas mais frios.

Estou satisfeito em Bruxelas, onde sirvo atualmente.

Os outros postos que prefiro são os dos países mais frios, como a França, Dinamarca, Inglaterra, Suíça, etc, devendo ser excetuados os países de língua alemã e russa, porque desconheço esses idiomas.

Só agora respondendo, porque me encontrava no interior do país, de onde acabo de regressar.

Aproveito esta ocasião para apresentar a Vossa Excelência, Senhor Chefe do Gabinete, os protestos da minha respeitosa consideração.

Antônio Moreira de Abreu

Ao Excelentíssimo Senhor Pedro Leão Veloso
Chefe do Gabinete do Senhor Ministro das Relações Exteriores."

•••

Na época de seu casamento, Antônio residia na Bélgica e escreve a seguinte carta para o Ministro das Relações Exteriores, Afrânio de Mello Franco:

"Bruxelas, 30 de outubro de 1928

Senhor Ministro,

Tenho a honra de pedir a Vossa Excelência se digne conceder-me permissão para ir ao Brasil, na segunda quinzena de março de

1929, a fim de, em abril, efetuar meu casamento com a senhorinha brasileira Luzia Rennó Moreira.

Desejo, se isso me for permitido, ir e voltar pelo mesmo navio, lá permanecendo de 10 a 15 dias.

Antecipando meus agradecimentos pelo que Vossa Excelência houver por bem resolver, aproveito esta ocasião para reiterar-lhe, Senhor Ministro, os protestos da minha respeitosa consideração.

Antônio Moreira de Abreu."

Nessa época, os casamentos ocorriam entre as famílias, principalmente em cidades pequenas como Santa Rita do Sapucaí. Era comum um primo casar com uma prima. Na família Moreira vemos vários casos assim: Antônio Moreira da Costa casou-se com sua prima Virgilina Carneiro Abreu; Delfim Moreira casou-se com sua prima Francisca Ribeiro de Abreu; seu filho, Delfim Moreira Júnior, casou-se com sua prima Maria de Lourdes Andrade Moreira. O encontro de Antônio Moreira de Abreu e Sinhá Moreira se deu por essa mesma razão.

O casamento foi planejado com todas as pompas. Dona Mindoca não deixou por menos, afinal, estava casando a primeira filha. Em outra carta, Glorinha, sua prima, conta a Joaquim Barbosa de Figueiredo, em 8 de abril de 1929:

"(...) (...) caso você venha mesmo ao casamento de Sinhá, o que espero que sim, o terno é branco, gravata preta, colarinho duro, meias e sapatos pretos para os garçons, e como eu quero que você seja o meu par, estou lhe avisando para fazer e comprar o necessário."

Em outra carta, com data de 15 de abril de 1929, ela diz:

"(...) Creio que o casamento de Sinhá mudou mais para o fim do mês, porque o Tonico ainda não chegou. Ontem recebi carta

dela dizendo-me que ainda não sabia o dia, elas estão hospedadas no Palace Hotel. Me parece que ela está muito contente com o casório, ela manda lhe dizer que sentirá imensamente se você não vier ao casamento dela e que mais uma vez o convida.(...)"

Tonico era o apelido de Antônio Moreira de Abreu.

Após terem recebido a habilitação para o casamento em 1º de março de 1929, o casamento foi realizado no dia 27 de abril desse mesmo ano, às 18 horas, na igreja Matriz de Santa Rita do Sapucaí e a festa em casa dos pais de Sinhá Moreira. Uma das testemunhas foi o ex-presidente Venceslau Brás. A noiva tinha 22 anos.

O casamento foi uma bela festa. As pessoas muito arrumadas, os homens de branco, gravata borboleta preta, as mulheres com roupas e penteados da Belle Époque. A noiva estava com um vestido branco rendado, que ia até os joelhos, meias brancas, sapatos brancos e o véu correspondia à moda da época: saía como se de uma touca que cobria a cabeça até a testa. O sogro de Sinhá, Loreto Ribeiro de Abreu, usara terno escuro. As madrinhas estavam vestidas iguais, com uma tiara nos cabelos, entre elas Glorinha.

Partiram para a lua-de-mel no Rio de Janeiro, no trem que saía de madrugada.

Esta foi a primeira dentre as muitas viagens do casal. Como mulher de diplomata, Sinhá Moreira sabia que elas se tornariam uma constante em sua vida. Logo depois do casamento foram para os Estados Unidos, inaugurando assim suas viagens internacionais.

Estados Unidos da América na década de 20

Quando Sinhá Moreira conheceu os Estados Unidos da América, o país vivia o início do *american way of life*. Ao final da Primeira Guerra Mundial, sua indústria era responsável por 50% da produção mundial com um impressionante desenvolvimento econômico. O impulso industrial, devido ao aperfeiçoamento técnico, permitiu a produção em massa.

Automóveis, vitrolas, rádios, aspiradores de pó, ferros elétricos, bens de última geração, invadiram as casas e os sonhos norte-americanos. A sociedade daquele país passou a desfrutar de um padrão de vida mais alto do que qualquer outro povo. Um novo modelo de civilização era apresentado para o mundo ocidental: cidades povoadas de imensos arranha-céus, automóveis velozes, estádios de beisebol lotados, clubes repletos de pessoas dançando *jazz*, o *charleston*, o *shimmy*.

É natural que em sua viagem Sinhá Moreira tenha se encantado com esse mundo de prosperidade. Visitou Nova York, Washington e Filadélfia. Qualquer brasileiro que tenha tido a oportunidade de viajar para os Estados Unidos naquela época trazia para o nosso Brasil o desejo de aqui tentar um mundo parecido.

Monteiro Lobato, autor de obras infantis imortais como o Sítio do Picapau Amarelo, foi um que se preocupou amplamente com o desenvolvimento do Brasil. E esse seu interesse teve a influência da "descoberta" dos Estados Unidos, da crença que a eficiência trazida pela máquina seria fundamental para a superação do atraso brasileiro. Em meados de 1927, Monteiro Lobato ocupou o cargo de adido comercial em Nova York. E escreve para o amigo Anísio Teixeira: *"Sinto-me encantado com a América, o país com que sonhava. Eficiência! Galope! Futuro! Ninguém andando de costas."* A experiência americana fê-lo acreditar que a *"democracia liberal é o melhor dos governos, porque é estável e duradoura, fruto de uma opinião pública consciente e livre, periodicamente manifestada através das eleições onde votam todos os cidadãos, inclusive as mulheres... que também são gente."* [1]

Em carta de 28 de julho de 1929, Glorinha relata, em mais uma de suas cartas para a Joaquim Barbosa Figueiredo:

"(..) Sinhá escreveu à Carminha dizendo que está encantada com os Estados Unidos. Gostou imensamente da viagem que até parece que ela está sonhando, que nunca viu coisas tão bonitas na vida. Disse também que o Brasil ainda está muito atrás. E que tudo lá é muito mais bonito. Ela ainda não foi para o México, pretendia ficar mais uns 15 dias nos Estados Unidos para conhecer bem aquilo ali, também está muito contente com a nova vida.(...)"

---

1 CAMPOS, André L.Vieira. A República do Picapau Amarelo. Uma leitura de Monteiro Lobato. São Paulo, Martins Fontes, 1986, p. 114.

As viagens de Sinhá Moreira

Em novembro de 1929, Sinhá Moreira e Antônio Moreira de Abreu foram transferidos para o México onde ele foi delegado do Brasil na Assembléia do Instituto Pan-Americano de Geografia e História e no Congresso de Estradas de Rodagens, além de encarregado de negócios.

Em carta de Glorinha para seu noivo, em 14 de janeiro desse ano de 1930, ela conta:

"(...) Recebi ontem uma carta de Sinhá em francês, e várias músicas no estilo mexicano.(...) Ela mandou também umas revistas mexicanas e vários chapeuzinhos e cestinhas feitos pelos índios."

Num período em que fatores como a distância geográfica dificultavam significativamente o intercâmbio entre os países latino-americanos, o âmbito diplomático muitas vezes constituía a única possibilidade de aproximação. Por isso, o estabelecimento de embaixadas era fundamental para criar essa relação. Para uma cidade como Santa Rita do Sapucaí, onde naquela época era difícil chegar notícias, as cartas de Sinhá Moreira, relatando sobre os outros países, suas culturas diferenciadas, eram recebidas como informações de extrema importância e passadas de boca em boca pelas varandas e praças da cidade.

Essa sua passagem pelo México foi de grande aprendizado. De 1922 a 1938, as relações culturais entre o México e o Brasil conheceram um momento particularmente fecundo, devido em grande parte à atuação de dois intelectuais mexicanos: José Vasconcelos e Alfonso Reyes, que estabeleceram uma rede de contatos com intelectuais brasileiros, fazendo do México uma referência cultural importante.[2] No Brasil, tinha-se vivido a Semana de 22, quando se deflagrou o movimento Modernista, que tinha como intuito substituir o conceito de raça pelo de cultura, analisando a arte brasileira como efetivamente nacional. Os modernistas traziam algo impensado até aquele momento: a busca pela valorização do povo brasileiro. A cultura popular, portanto, foi valorizada, em contrapartida à cultura erudita que sofria forte influência da cultura européia. Essa aproximação com o México viria, justamente, estabelecer uma forma de valorizar as culturas latino-americanas.

Em carta para sua irmã Carminha, em 14 de abril de 1930, Sinhá Moreira relata que ficaria no México como embaixatriz durante seis meses. Em 21 de junho de 1930, Sinhá Moreira e seu marido Tonico promoveram uma festa importante na Embaixada do Brasil no México, para diplomatas de diversos países, festa essa com todos os requisitos e formalidades que demandava uma cerimônia diplomática. Houve um grande comparecimento, os homens usavam terno e suas respectivas

---

2 Revista Brasileira. Volume 23, nº 45. São Paulo, julho de 2003.

esposas vestidos longos. Sinhá Moreira se mostrava uma boa anfitriã. A educação que Dona Mindoca e Francisco Moreira se preocuparam em oferecer a suas filhas teve aí seu resultado.

O México foi o berço de várias civilizações nativas americanas, das culturas mesoamericanas, como os maias e os aztecas. A chegada dos espanhóis no princípio do século XVI e sua vitória sobre os aztecas, em 1521, marcaram o início do período colonial do México como parte da Nova Espanha.

O período histórico em que Sinhá Moreira residiu na cidade do México é conhecido como o *Maximato*, porque o poder se concentrou no *Chefe Máximo*, isto é, o ex-presidente Plutarco Calles (1924-1928). O período do *Maximato* foi caracterizado por tensões sociais intensas, resquícios da então recente Revolução Mexicana (1911-1920), cujos principais personagens são Emiliano Zapata e Pancho Villa. Sem entrar em detalhes, a história mexicana do século XX foi marcada pela Revolução Mexicana. A luta pela manutenção das tradições de seu povo, como principal meio de criar uma identidade única, projetou o México a nível internacional. Em 1930, a *Mexicanidad* se tornou uma doutrina oficial construída para facilitar a homogeneidade da "Unidade Nacional". Como disse Carlos Monsivaís, "Nada de um 'país pluralista' ou de 'diversidade cultural', o *México é um só*." Não foi à toa que o conhecido cineasta russo, dos mais importantes da história do cinema, Serguei Eisenstein, em 1930, se interessou em filmar *Que Viva México!*, um documentário sobre a história e cultura do povo mexicano que, por razões financeiras, não foi finalizado.

A carreira do diplomata opera conforme as necessidades das relações internacionais de seu país. Dessa forma, rapidamente, em 1931, Sinhá Moreira teve de acompanhar seu marido que foi enviado para Bogotá, na Colômbia, como encarregado de negócios. Na época, as relações do Brasil com a Colômbia estavam atreladas ao "Tratado de Limites e Navegação Fluvial", de 15.11.1928, desde quando a Colômbia foi reconhecida como único país confinante na região entre os rios Apapóris e Amazonas, em 1922. Em 1930, foi constituída a Comissão Mista de Demarcação dos Limites Brasil-Colômbia, estabelecendo-se as instruções para a demarcação da fronteira. Justamente no ano seguinte, Sinhá Moreira se estabelece naquele país. A língua espanhola, os rostos indígenas, pareciam com o que tinha vivido no México, mas com uma nova paisagem, cercada pela Cordilheira dos Andes.

Em carta enviada por Antônio Moreira de Abreu ao seu superior, Afrânio de Mello Franco, sabe-se que em Bogotá ele não passou bem de saúde. É provável que tenha tido dificuldade em se adaptar à altitude da cidade, 2.600 metros.

"A Sua Excelência o Senhor Afrânio de Mello Franco
Ministro de Estado das Relações Exteriores

Ilustríssimo e Excelentíssimo Senhor Ministro de Estado das Relações Exteriores

O signatário, secretário da Legação do Brasil em Bogotá, respeitosamente requer a Vossa Excelência se digne conceder-lhe - de acordo com os certificados médicos juntos - prorrogação por 7 meses da licença concedida pela portaria de 22 de outubro de 1931.

Antônio Moreira de Abreu (assinatura)

Nice (vice-consulado do Brasil em Villefranche-sur-mer, França), 19 de fevereiro de 1932."

•••

Tonico não era uma pessoa fácil. Além da saúde sensível, era um pouco austero, não demonstrava docilidade no relacionamento com a mulher. Sinhá Moreira suportava essa idiossincrasia por respeito a sua profissão, mas não escondia a insatisfação como esposa.

Em seguida à estada em Bogotá, o casal foi morar em Lisboa, Portugal, onde Tonico continuava como encarregado dos negócios do governo brasileiro. Era o ano de 1934. Carminha, sua querida irmã, havia casado em Santa Rita do Sapucaí, no dia 22 de abril de 1933, com Olavo Bilac Pinto e já em Lisboa, Sinhá recebe a notícia de que havia nascido Francisco Bilac, primeiro filho do casal.

A permanência em Lisboa foi curta, pois logo em 1935, Antônio Moreira de Abreu foi enviado para ocupar o mesmo cargo na cidade de Tóquio, no Japão. Mais uma longa viagem, desta vez no navio *Naldera* em direção a uma nova cultura inteiramente diferente das que Sinhá havia conhecido.

Apesar de um governo pluripartidário e democrático, a monarquia japonesa é das mais antigas do mundo. No Japão dos anos 30, vivia-se a Era Sowa, ou Era Showa, uma das mais longas, em que governou o imperador Hirohito, que durou desde 1926 até 1989. O início do seu reinado foi marcado por fortes influências nacionalistas e práticas imperialistas.

A Era Meiji (1882-1912), anterior à Era Taisho (1912-1926), foi um momento de profundas transformações sociais e econômicas no Japão. Houve a abertura da economia para o mercado externo, visando à adequação do país à Revolução Industrial, a reforma agrária, com a extinção dos feudos e a instituição de uma monarquia constitucional. A grande preocupação, que passou a ser prioridade, foi com a educação do povo.

Sinhá era uma pessoa bastante atenta. Ela pôde usufruir ensinamentos na área de línguas, música, esportes e sabia, portanto, o valor de uma boa educação. O povo japonês, reconhecido por sua seriedade no empenho de construir um país, era um exemplo. A cidade de Tóquio havia sofrido um terremoto em 1923, que praticamente a destruíra. Um abalo como esse, onde todos são vítimas da mesma tragédia, cria um vínculo unindo os cidadãos em prol de uma causa, nesse caso, a reconstrução de sua cidade.

Durante esse período, o embaixador do Brasil no Japão era Carlos Martins, casado com a artista plástica mineira Maria Martins. A escolha do embaixador aconteceu por ele ter sido o autor do livro *Uma política de imigração* e o Japão tinha interesse direto no assunto.

Na documentação do Itamaraty consta essa carta do então embaixador em Tóquio, comunicando a chegada do casal e informando que Antônio Moreira de Abreu assumiria como primeiro secretário:

"Tókio, le 26 avril 1935

N° 15

Monsieur le Ministre,

M. Antônio Moreira de Abreu, nommé Premier Secrétaire de cette Ambassade, devant arriver à Yokohama, acompagné de sa femme, à bord du bateau NALDERA, lê 27 courant, j'ai l'honneur d'avoir recours à l'obligeance de Votre Excellence pour la prier de vouloir bien ordonner les facilités de débarquement compatibles avec sa situation.

Avec mes remerciments anticipés, je saisis cette occasion, Monsieur le ministre, pour renouveller a Votre Excellence les assurances de ma plus haute consideration.

(a) Carlos Martins Pereira e Sousa

Son Excellence M. Koki Huota
Ministre Imperial des Affaires Etrangères."

...

Várias cartas trocadas entre o embaixador do Brasil em Tóquio, Carlos Martins, e o ministro das Relações Exteriores, falam de terremotos, erupção do monte Asama e de uma enchente. Sinhá chegava para morar num país assolado por desastres naturais.

Maria Martins estava no seu segundo casamento e, como Sinhá, havia saído de uma pequena cidade mineira onde nasceu, Campanha da Princesa, e viajado pelo mundo, conhecendo outros países e culturas. Artista plástica de grande respeito, conheceu os mais importantes artistas de sua época como Picasso, Léger, André Breton, Mondrian, Duchamp e vários outros. Muito atraída pela cultura nipônica, também interessa-se profundamente pela situação da China e se sensibiliza com a questão da exploração do trabalho infantil nas fábricas de fósforo, tabaco e seda e que vinha sendo denunciada pela Child Labour Comission, nomeada em 1923, pela Municipalidade de Xangai. Sinhá Moreira e Maria Martins conversavam sobre este assunto, acompanhando o trabalho da Comissão que, ao concluir o inquérito, exigiu que não empregassem crianças de menos de 11 anos de idade.

Em outubro de 1935, o embaixador Carlos Martins, junto com sua mulher, se transfere para a Bélgica, deixando Antônio Moreira de Abreu como encarregado de negócios.

Havia um grupo de brasileiros residindo em Tóquio e que, de longe, vinha acompanhando a atuação diplomática do Brasil no mundo. Em carta enviada pelo então encarregado para o ministro de Relações Exteriores, parabenizando-o pelas suas atitudes no restabelecimento da paz entre os países, temos a assinatura dos que faziam parte desse grupo:

"A Sua Excelência Senhor José Carlos de Macedo Soares

Ministro de Estado das Relações Exteriores
Tóquio, 16 de outubro de 1935
N°180
Mensagem de brasileiros ao Ministro do Exterior

Senhor Ministro,

Tenho o honroso prazer de transmitir a Vossa Excelência, por cópia, uma mensagem, cujo original datado a 11 do corrente e assinado pelas brasileiras e pelos brasileiros residentes no Japão, é encaminhado por este mesmo correio.

A mensagem, arranjada em um kakemono, vai numa caixa de paulowia. Desta planta, ou melhor, desta árvore – distintamente japonesa – foi tirado, e formado (com 3 folhas e 17 flores), há milhares de anos, o emblema da Casa Imperial.

Aproveito a ocasião, Senhor Ministro, para reiterar a Vossa Excelência os protestos de minha respeitosa consideração.

Antônio Moreira de Abreu.

"A Sua Excelência Senhor José Carlos de Macedo Soares
Ministro de Estado das Relações Exteriores
Tóquio/180/1935/Anexo

Senhora Embaixatriz,
Senhor Embaixador

A data que o calendário romano, desde 1492, vem desfolhando, cada ano, neste mês e dia, desejamos celebrá-la – as brasileiras e os brasileiros residentes no Japão – saudando o dileto filho da América, que, pelo seu ânimo e esforço, coadjuvou, decisivamente, na restauração da paz americana.

As signatárias, Senhora Embaixatriz, são provavelmente as patriotas vossas que se encontram mais longe da Pátria. Com profundo amor elas vêem e sentem, dentro da nostálgica saudade em que vivem, o doce carinho das hosannas que vos foram erguidas – a vós e ao vosso amantíssimo esposo – pelas nossas conterrâneas do Brasil inteiro.

A vossa viagem, os vossos gestos, entre os quais aqueles pedindo a soltura das reclusas argentinas, contribuíram para enfeixar, em bela moldura, o quadro da paz continental que foi retocado e refeito, sobretudo, pela animosa vontade – perseverante e decisiva – do nosso idolatrado Chanceler. Idolatrado porque, de querido que era, passou a ser ídolo do povo brasileiro.

Dignem-se receber, com respeitoso louvor das nossas palmas, as nossas preces por que o Todo Poderoso conserve e guarde no altar da Pátria, o 'Chanceler da Paz'.

Tóquio, 12 de outubro de 1935.

Luzia Moreira de Abreu
Antônio Moreira de Abreu
Antonieta Correia
Sonia Correia
Oscar Correia
E. C. de Souza
Renato Carneiro da Cunha
Beatriz Vidal
Álvaro Vidal."

Nesse ano, ainda residindo em Tóquio, recebem a notícia do nascimento de Regina, a primeira filha mulher de Carminha e Olavo Bilac Pinto.

Em abril de 1936, Sinhá e o marido aproveitaram para conhecer a China, onde fizeram uma visita ao interior da Cidade Proibida, em Pequim, residência dos antigos imperadores chineses, e cercada de muralhas.

As viagens pelo Oriente foram muitas: ilha de Ceilão, ilha de Malta, ilha de Penang, península de Málaga, Singapura, Hong-Kong, Shangai, Yhocama, Mianoshita, monte Fuji, Nikko, Chuzengi.

Em 1937, a vida de Sinhá começa a tomar outro rumo. É instituído o Estado Novo, sob a ditadura de Getúlio Vargas, e seu marido é aposentado pelo Itamaraty.

Com a carreira diplomática encerrada por questões políticas, Tonico e Sinhá regressam ao Brasil e se estabelecem em São Paulo.

Tios e primos, que estiveram com o casal nesse período de difícil adaptação a um estilo de vida inteiramente diverso ao que estavam habituados nos oito anos em que permaneceram fora do Brasil, mostraram-se apreensivos com a melancolia de Sinhá, que se sentia impotente para ajudar Tonico a superar a depressão que o acometera devido ao encerramento abrupto de sua estimulante carreira diplomática.

Mas a proximidade da família deu a Sinhá o amparo de que necessitava e a incentivou a procurar a ajuda do pai que, atendendo a seu apelo, trouxe-a de volta para Santa Rita.

No dia 10 de dezembro de 1941 o juiz de direito da 2ª Vara de Família do Rio de Janeiro proferiu a sentença de desquite entre Luzia Rennó Moreira e Antônio Moreira de Abreu. Sinhá

Moreira decidiu viver em sua terra natal, indo morar novamente com os pais. Ela tinha 34 anos.

A volta de Sinhá Moreira para Santa Rita do Sapucaí

Esse foi o primeiro caso de desquite em Santa Rita do Sapucaí. Para a população da cidade era um assunto delicado. Até então, os comentários a respeito do casamento de Sinhá se restringiam a alguns familiares, mas hoje se fala com bastante clareza que Sinhá Moreira não foi feliz na vida de casada. Alguns mais íntimos, como Dona Baget Rezek, muito amiga de Sinhá Moreira desde a infância, contam que a verdadeira paixão de Sinhá Moreira foi o viajante Olindo, "era um homem maravilhoso", mas que Dona Mindoca fez por afastá-los, querendo que a filha se casasse com o primo embaixador. "Ele era um embaixador horroroso, nervoso, doente. A Sinhá não foi feliz."

O ano era 1942. Santa Rita do Sapucaí ainda era uma pacata cidade com a estátua de Delfim Moreira na praça onde as pessoas passeavam e conversavam. A economia do local girava em torno da produção de café. Nessa época, uma mulher desquitada dificilmente pensaria em novo casamento.

Os habitantes de Santa Rita do Sapucaí tinham muito respeito por Sinhá. Era considerada uma pessoa muito fina, de boa educação. Quando ela voltou, sabia-se que tinha sido infeliz em seu casamento. Dona Edméa Carvalho, que fora muito amiga de Sinhá, ao ser indagada como o desquite foi recebido pelos santarritenses, se foi considerado um escândalo, conta em entrevista de em 15 de fevereiro de 2005:

"Além de não ser um escândalo foi uma coisa do gosto da cidade, porque a gente sabia que ela era boa. Sabia que ela era mão-aberta. Uma criatura bondosa que sempre distribuiu o que tinha. E nós sabíamos, muito mais eu que era da família dele, que ele era extremamente seguro."

Sua volta à cidade provocou uma excitação. Todos sabiam quem era Sinhá Moreira, filha do coronel Chico, que viajara pelo mundo. O fato de ter conhecido outros países ainda tão inacessíveis para a maioria, contribuiu para que sua imagem ficasse idealizada, sendo, então, vista como uma mulher "avançada", com novos conhecimentos.

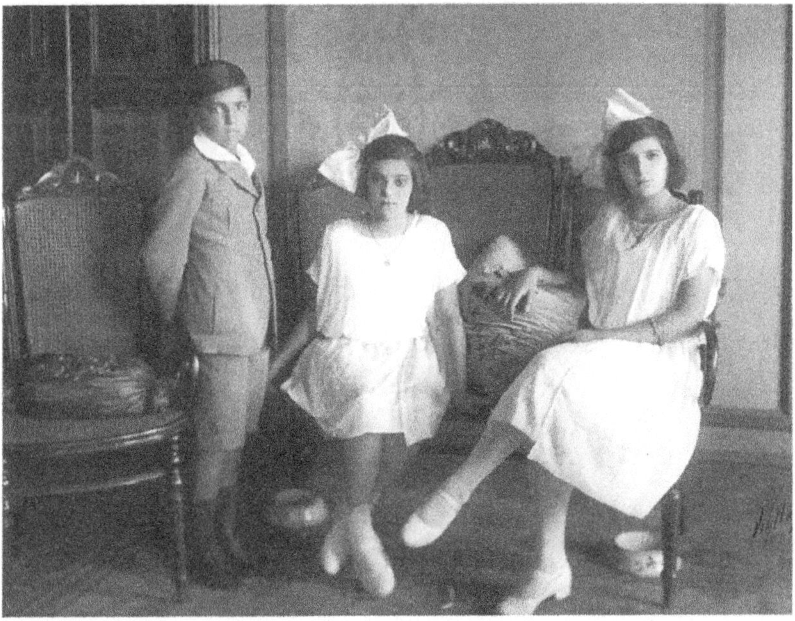

Os três irmãos, Delfim, Carminha e Sinhá em 1923

Sinhá e Carminha com os pais

Casa onde viveu a Sinhá

Santarritense volley-ball club (1928)

Sinhá (1926)

Praia de Santos

Casamento com Antônio Moreira de Abreu (27.4.1929)

Casamento com Antônio Moreira de Abreu (27.4.1929)

México (1929)

México (1929)

A bordo do "Sierra Salvada", em viagem para Lisboa (Novembro 1933)

Sociedade de Geografia em Lisboa (1934)

"Club Brasileiro" em Lisboa (1934)

Jantar em Lisboa (1935)

A bordo do "Naldera", viajando para o Oriente. (Abril 1935)

Hong Kong (Abril 1935)

Penang, Malásia (Abril 1935)

Ilha de Ceilão (Abril 1935)

Hotel Imperial de Tóquio (Maio 1935)

Hayama, Japão. No jardim dos Embaixadores Martins(2) (Junho 1935)

Jantar oferecido pela "Sociedade Propaganda do Café," no Restaurante "Riokotei" ao Embaixador Pedro Leas Veloso, em novembro 1935

Tóquio (1935)

Osaka, Japão (Outubro 1936)

Kyoto, Japão (Outubro 1936)

Palácio de Inverno, Pequim (1936)

Palácio de Verão, Pequim (1936)

Rio de Janeiro (1941)

Com Assis Chateaubriand e Bilac Pinto, Santa Rita 1952

Santa Rita do Sapucaí, bairro de Vista Alegre

Com Farid Abraão Kallás, Dr. José Alcides, Sr. Joaninho, Dep. Bilac Pinto, D. Alda Pinto Costa, Dep. Carlos Lacerda, D. Nazareth Moreira e D. Sinhá (1957)

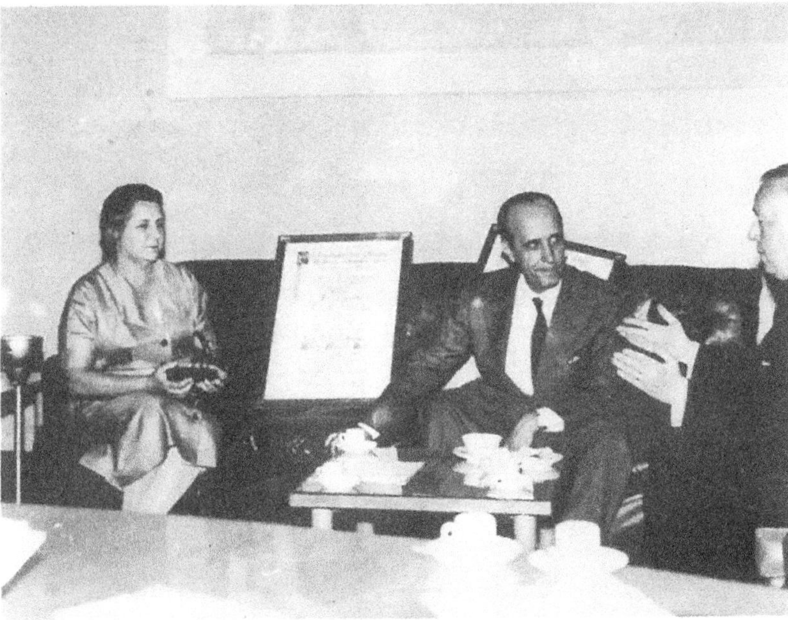

D. Sinhá com o Ministro Clóvis Salgado e Dr. Franciso Montojos (1958)

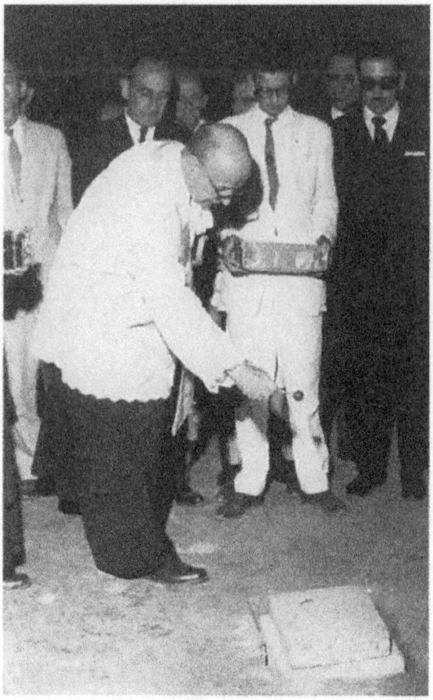

Pedra Fundamental Escola Técnica de Eletrônica

Aula de Transistores – Primeira Turma

D. Sinhá e Padre Alonso, ao Radar

Em visita à IBM, D. Sinhá, Iveta Borsato Canestraro e grupo de alunos (1961)

Escola Técnica de Eletrônica "Francisco Moreira da Costa", Santa Rita do Sapucaí

Escola Técnica de Eletrônica

Enterro de D. Sinhá (1963)

Inauguração do Busto de Sinhá Moreira: ao fundo Dr. Luiz Rennó Mendes, Padre José Carlos de Lima Vaz, Amílcar Faria, e a frente Mariângela Carneiro entre outros

O Espírito Humanitário

Pela sua formação, depois da separação, Sinhá Moreira apegou-se à religião católica. Era uma mulher inquieta e, morando na casa dos pais, começa a observar as empregadas da casa, pessoas que trabalhavam com eles há anos, mas que ainda não tinham casa própria. Sinhá então foi conversar com seu pai, que nessa época já era banqueiro, sobre a possibilidade de construir casas com uma taxa de juros baixa, de forma a facilitar o financiamento para a classe de poder aquisitivo mais baixo.

Coronel Chico Moreira iniciou sua atividade como banqueiro, fundando o Banco Santarritense em 1915. Nas suas viagens a Belo Horizonte foi acirrando sua relação com Clemente Faria, dono do Banco da Lavoura de Minas Gerais, hoje Banco Real. E, em 1927, o Banco Santarritense se funde ao banco dirigido por Clemente Faria, e o coronel Chico Moreira passa a ser o diretor dessa instituição.

O Banco da Lavoura teve um papel importante na elaboração de normas de financiamento que favoreciam as camadas sociais mais baixas. Até então, era quase nula a intimidade do povo com os negócios dos bancos, que mais operavam com o comércio, a indústria e a lavoura. Mas, em 1926, foi instituída naquele estabelecimento uma seção de pequenos depósitos, que teve a maior aceitação, inclusive com centenas de pedidos do interior do estado. O novo banco passou a ter, além da clientela de comerciantes e industriais, a do povo em geral. Portanto, a grande popularidade do Banco da Lavoura deve-se ao fato de promover empréstimos para pequenos negócios, com grande facilidade para o cliente, pois não exigia avalista, "confiando na pessoa conhecida". Tornou-se assim um banco "estimado", sem concorrência na área de crédito pessoal. Seu segredo era fazer grande número de pequenos negócios, ao contrário dos outros bancos que só faziam grandes negócios. Nas palavras do próprio Clemente Faria, criador do banco de varejo no Brasil: – "O importante é emprestar pouco a muitos."

Conhecendo essa filosofia, o coronel Chico Moreira começou a pensar em viabilizar a idéia de Sinhá. Ele então sugeriu que fosse adotada a Tabela Price, criada pelo inglês Richard Price, usada antigamente como sistema de amortização, onde se adotava, para cálculo das prestações mensais, o sistema de juros compostos.

Animado, disse para a filha: "Tudo bem. Então vamos organizar a empresa." E sugeriu que ela procurasse umas terras em Santa Rita para construir a vila. "Vila não, papai, eu quero construir um bairro", disse Sinhá Moreira com a determinação que lhe era peculiar.

A terra escolhida ficava na lateral do cemitério, ao alto, porque, dali, podia-se observar uma vista bonita. Foi então, criada uma empresa construtora que seria responsável pela obras de urbanização e construção das casas, a Empresa Vista Alegre.

Quando começaram a desbancar o terreno ao lado do cemitério, os ossos dos túmulos começaram a cair. O pessoal da cidade ficou impressionado e, muito católico, não estava gostando dessa idéia. No entanto, Sinhá tinha a visão da importância dessa obra. Mulher decidida e inteligente, chamou o padre José e disse:

– Olha, padre, eu não vou parar de construir esse bairro. Vou fazer um ossário quando terminar o desmonte desse pedaço do morro de meu bairro, que se chamará Vista Alegre, e o senhor virá benzer. A gente faz uma festa.

Ela recorreu ao jornal, noticiando que iria juntar todos os ossos num ossário e daria uma festa quando o padre fosse benzê-los. O povo ficou feliz. Sinhá Moreira sabia do efeito de uma boa festa: confraternização, alegria, troca de afeto, os ossos estariam bem protegidos. Além disso, festa era algo que Sinhá Moreira sabia fazer. Sua experiência como embaixatriz lhe dera essa habilidade.

E começaram as obras: tiraram o barranco, fizeram ruas e praças arborizadas. Os primeiros felizardos foram os empregados da sua família que não precisaram pagar nenhum valor pelas casas. Foi uma doação. Logo as pessoas foram se interessando, era um bairro novo e bonito, casas confortáveis, ao todo 80, a serem quitadas em um prazo de 10 anos. E as casas começaram a ser vendidas. Sabe-se que nunca houve inadimplência. Ruas e praças foram batizadas com nomes como Esperança, Inspiração, Alegria, Felicidade, mostrando bem qual o espírito dessa mulher empreendedora.

– Ela foi a precursora do Banco Nacional de Habitação, – diz sua sobrinha, Regina Bilac Pinto.

A morte da mãe

Dona Mindoca era uma mulher recatada. Costumava ficar em casa, a olhar da varanda o movimento da praça da cidade. Em 1948, uma crise renal a debilitou muito. Na época, não havia recursos para esse tipo de tratamento e, num período relativamente curto, ela faleceu. Sua filha Carminha, que ao casar, deixou de morar em Santa Rita, veio para acompanhar a doença e morte da mãe.

Então, a partir do dia 15 de agosto de 1948, a casa do coronel Chico passou a ser administrada por sua filha, Sinhá.

O bairro Vista Alegre

O bairro Vista Alegre ficou pronto no ano de 1952 e foi uma bem-sucedida incorporação de habitação popular. No Brasil, a primeira experiência de política nacional de habitação foi no governo Dutra (1946-1951), com a Fundação da Casa Popular. Após a derrocada do Estado Novo, havia uma preocupação dos conservadores com a forte influência do Partido Comunista nos grandes centros urbanos, e então, eles acreditavam que o proletário com casa própria favoreceria uma certa estabilidade social. Assim, foi criada aquela Fundação, em 19 de maio de 1946, e instituída pelo Ministério do Trabalho, Indústria e Comércio do governo Dutra, com sede e foro na então capital federal, a cidade do Rio de Janeiro. A Fundação Casa Popular tinha como principais finalidades: proporcionar a aquisição ou construção de moradia própria, na zona rural ou urbana, a brasileiros, e também a estrangeiros com mais de dez anos de residência no país; financiar obras de abastecimento d'água, esgotos, energia elétrica e outras que visassem à melhoria do bem-estar das camadas trabalhadoras;

proceder a estudos que levassem a processos de barateamento da construção habitacional; financiar indústrias de material de construção.

A análise de alguns autores sobre a intervenção do estado na área habitacional, nesse período, mostra que é preciso situá-la dentro da política trabalhista da era Vargas, e sugere que a moradia, transformada em uma das vantagens concedidas pelo estado a determinadas categorias de trabalhadores urbanos, serviu de instrumento de cooptação e controle dos segmentos da classe trabalhadora, de cujo apoio o estado necessitava. Ficava patente a mesma visão ideológica de cooptação herdada do governo Dutra. "O status de proprietário dá ao trabalhador um senso elevado de responsabilidade", rezava o documento que propunha a criação do Instituto Brasileiro de Habitação (IBH). "De revoltado contra a ordem social, o beneficiário passará a ser um sustentáculo dela, um homem que acredita na ascensão social."

Em 1953, houve uma tentativa de transformar a Fundação em banco hipotecário, tornando a política habitacional auto-sustentável, mas a proposta só foi adiante no período Jânio Quadros, quando os setores cada vez mais amplos das camadas populares se mostravam empolgados em realizar suas reformas.

Nota-se que as posturas do governo brasileiro visava à uma questão ideológica. No caso de Santa Rita do Sapucaí, a iniciativa de Sinhá Moreira tinha um cunho social e humanitário. Ela era uma mulher com profundo senso humanitário, cujo intuito era promover a melhoria de vida de uma camada da população com poucos recursos.

A construção do bairro Vista Alegre foi um sucesso. A população da cidade sentia um impulso novo, uma integração às novas aspirações que vinham sendo ditadas mundo afora.

E a família Moreira não parava. Em 1953, coronel Chico Moreira achou necessário que Santa Rita tivesse um campo de aviação. Tomou as medidas necessárias junto ao Ministério de Aeronáutica, aos governos estadual e federal e convidou técnicos da Aeronáutica para ajudar na escolha do local. A obra começou e ele próprio ia todos os dias acompanhar o trabalho de terraplenagem. Quando o campo ficou pronto, receberam a visita do então ministro da Aeronáutica, brigadeiro Nero Moura.

O povo mineiro

Historicamente, o povo mineiro tem tradição: desde a descoberta das abundantes riquezas minerais – o que deu origem ao nome do estado na primeira metade do século XVIII, – a região tornou-se o centro econômico da Colônia, com rápido povoamento, e demonstrava ser, também, de desenvolvimento importante para o país. Além disso, a participação em atividades políticas, – iniciadas em 1789, com a revolta popular que culminou na Inconfidência Mineira, em decorrência do aumento da arrecadação de impostos por parte de Portugal, – já revelava uma postura de patriotismo, de inquietação em defesa dos interesses do país. Essas duas vertentes, tanto na área de desenvolvimento econômico, quanto na política traçam um perfil do povo desse estado.

Em 1800, Minas Gerais já era o estado mais populoso do país. A economia, antes baseada na produção de minério, descobre o café e o estado se torna grande produtor durante décadas. A atividade pecuária começa a ser desenvolvida e Minas se transforma no maior rebanho bovino do Brasil. Quando foi proclamada a República, em 1889, Minas Gerais já era a segunda economia do país, atrás apenas do estado de São Paulo.

Mas o grande patrimônio do povo mineiro é a política. Nos finais da década de 1920, o estado institui o voto secreto, exemplo de democracia ainda não adotado no país. Muitos políticos de renome nasceram em Minas Gerais que, além disso, é o estado que, até o momento, mais presidentes deu ao Brasil.

Em 1943/44 outro acontecimento importante na vida do estado de Minas Gerais: foi inaugurado o complexo da Pampulha, em Belo Horizonte, marco da arquitetura moderna, com reconhecimento internacional e fruto da ousadia do então prefeito da cidade, Juscelino Kubitschek.

O Brasil vivia uma época de progresso, a indústria vinha se instalando e o estado de Minas Gerais se impunha no panorama brasileiro.

A década de 50 marcou um período significativo. O governador de então, Juscelino Kubitschek, lançou o binômio "Energia e Transporte". Era a criação de uma infra-estrutura de serviços, propiciando a instalação de novas indústrias.

Assim, são instaladas a Manesmann, em 1952, e a Usiminas, em 1956, lembrando que, em 1944, já tinha se instalado a Companhia Aços Especiais de Itabira – Acesita. Mas, o fato marcante do programa "Energia e Transportes" foi a criação da Cemig, que se transformou em um ponto de referência para o setor energético no Brasil.

A preocupação com a Educação

Desde a época da colonização, o estado e a Igreja Católica eram as duas instituições básicas na organização social do país. Havia uma divisão entre as duas: ao Estado caberia garantir a soberania, administrá-la, desenvolver uma política de povoamento. O papel da Igreja seria o da educação das pessoas, não só em termos de ensino, mas também no que concerne à higiene, à etiqueta, a certas normas de comportamento.

Na virada do século, quando as cidades tornaram-se locais de moradia das elites, a educação das mulheres seguia um caminho no qual a educação religiosa tinha enorme importância. A distinção entre o feminino e masculino, cabendo a cada um uma função diferente no projeto familiar, ia moldando as meninas, principalmente as das famílias mais privilegiadas, a se prepararem para a função de mãe, organizadora do lar e de serventia ao homem. O recato, a moral, eram uma necessidade.

As moças de Santa Rita do Sapucaí foram educadas nesse sentido. Suas mães seguiam os princípios da Igreja Católica, cujos ensinamentos são o amor ao próximo, a caridade, a atenção aos humildes. Sinhá recebera essa orientação desde criança. Quando se desquitou, sem filhos, os princípios religiosos ficaram ainda mais acentuados. Sinhá, então, aproximou-se da Igreja de Santa Rita do Sapucaí. Participou da Comissão Paroquial de Santa Rita pró-construção do Seminário Arquidiocesano, sendo responsável pela promoção de várias festas na cidade. Houve um Natal em que ela fez um jantar para os pobres, na praça, e foi deste evento que surgiu a idéia de fundarem um local de ensino, uma escola.

A orientação quanto à higiene era outra exigência de Sinhá Moreira. Pessoas mais humildes iam lhe procurar pedindo ajuda e Sinhá, ao se deparar com um aspecto sujo, mandava, *a priori*, elas tomarem banho.

Padre José, que morou em Santa Rita quando pequeno e, portanto, conheceu Sinhá bem menina, depois de passar por Pouso Alegre e Mariana, cidades próximas e maiores, para cumprir com o seminário, voltou para a Santa Rita, em 1953, reencontrou Sinhá e, juntos, começaram a pensar sobre as necessidades da cidade.

– Ela já tinha uma influência muito grande na cidade, – ele conta, – queria fazer coisas sociais e a preocupação dela era a educação.

E assim, por volta de 1954, 1955, juntamente com o padre José, fundou a Associação do Educandário Santarritense, uma escola primária.

Sinhá Moreira era muito objetiva e realizadora. Tendo tido a oportunidade de viver em outros países, isso só aumentou sua vontade em lutar para o desenvolvimento do Brasil. Como se herdasse as diretrizes de seu tio Delfim Moreira, que dizia que sem a educação o país não iria para frente, sua preocupação primordial era com os estudos. Um sobrinho seu, Francisco Moreira da Costa, chega a relatar, em entrevista, que Sinhá era muito enérgica nessa questão. Cobrava dos sobrinhos notas boas, bom desempenho. Evidentemente, tal filosofia seria difícil de ser compreendida por uma criança, mas essa sua preocupação tinha cabimento, pois a educação é a pedra fundamental para se criar uma nação. Assim, suas idéias começaram a se voltar para isso.

O primeiro passo foi fornecer bolsas de estudos para alunos que tinham dificuldades financeiras. Sinhá se propunha a ajudar na compra de material didático e no pagamento de mensalidades. Atendia na sua própria casa, recebendo os alunos. Para alguns, ela dava livro, para outros, roupa.

– A minha filha mais velha fez o curso de ginásio com bolsa de estudo dada por ela. Bastava tirar boas notas na classe. Se não tirasse boas notas, perdia a bolsa. Então, a menina todo mês ia à casa de Sinhá, no porão, onde ela reunia os estudantes. Era ela quem acompanhava tudo, – conta sua amiga Edméa Carvalho. – E ela não dava mole, ao mesmo tempo em que as crianças sabiam que em sua casa sempre ganhariam uma balinha, que ela guardava num pote de vidro, se tivessem feito alguma bobagem, levariam uma bronca da Sinhá.

"Dona Sinhá" cada vez mais servia a sua cidade. Ajudava a Sociedade de Assistência aos Pobres, mantenedora do Asilo da Velhice, fundado por seu pai, e mantinha, em Sanatório de Campos de Jordão, dependências para tratamento de tuberculosos.

No natal, ela enchia um carro de boi de roupas, presentes, e ia às fazendas distribuir aos empregados. Costumava levar suas sobrinhas, Regina e Beatriz, filhas de Carminha e Bilac Pinto, para fazer esse trabalho com ela.

Beatriz nasceu em 1941 e aos sete anos foi morar com os avós em Santa Rita do Sapucaí, pois seus pais, Carminha e Bilac Pinto, viajaram com Regina e seu irmão Francisco para a Europa, onde Bilac Pinto foi fazer cursos de advocacia. Foi uma época em que ela conviveu muito com Sinhá Moreira. Lembra-se do seu jeito firme, mas carinhoso. Guarda até hoje uma carta escrita em seu livro de recordações pela tia e madrinha, em 11 de março de 1950:

"Beatriz,

O meu coração está tão cheio de coisas boas para você, de tanto carinho e afeição, que não sei o que dizer neste seu livrinho de recordação. A sua bondade cativa a gente e a sua meiguice desarma qualquer um. Uma criaturinha assim, tão dócil e simples, não pode esperar da existência senão alegrias e prazeres. No entanto, Beatriz, Deus, às vezes, experimenta e castiga os bons – mostrando-lhes as asperezas do destino – para que melhor possam compreender a grandeza do mundo e suas belezas. Esteja, portanto, preparada para tudo e saiba vencer os obstáculos com ânimo forte, com muita força de vontade, perseverança e confiança no futuro. Não desanime nunca, se hoje está ruim 'o amanhã' poderá ser radioso e feliz. A vida é boa ou má, conforme sabemos encará-la e amenizá-la. Procure por isso enfrentá-la com galhardia e coragem, espírito forte e fé em Deus. Nunca desampare os velhos e os fracos, pois, só é realmente feliz aquele que sabe fazer o bem e a caridade. Lembre-se daquela frase significativa do seu saudoso tio-avô, Delfim Moreira:

'Fazei todo o bem possível a Terra, para que as gerações futuras vos abençoem a memória.'

Venere e acarinhe com respeito os seus extremosos pais, porque deles vem tudo de bom que há na vida. Jamais esqueça os mestres que iluminaram o seu espírito para um futuro melhor e mais aventuroso. Estime de coração os seus queridos irmãos, lembrando-se que convivem com eles os mais gratos e saudosos momentos de criança e de adolescentes. Para os seus companheiros e amiguinhas, deve guardar um lugarzinho bem escolhido, não se esquecendo jamais que a amizade é um dos grandes bens a terra.

E assim, caminhando pela estrada da vida, Beatriz, estou certa de que será sempre feliz, irradiando sua felicidade pelos que a cercam e a estimam de coração. Que a padroeira do Brasil, Nossa Senhora da Aparecida, seja a sua boa conselheira e amiga de todas as horas, é o que lhe deseja a sua boa conselheira e amiga de todas as horas. É o que lhe deseja, sinceramente, a madrinha,

Sinhá."

Nas férias, Regina e Beatriz, que nessa época moravam em Ipanema, no Rio de Janeiro, passavam as férias em Santa Rita, sob os cuidados de Sinhá. Lembram-se que na idade dos namoricos, das festinhas, Sinhá não as proibia de nada, mas exercia a sua vigilância.

– Nós tínhamos muito respeito por ela, – diz Regina.

Santa Rita era uma cidade festeira. Visitas importantes, festas religiosas, tudo sempre era motivo para animara cidade. E a grande organizadora era Dona Sinhá. Dona Baget Rezek, descendente de libaneses e mãe de José Francisco Rezek, ex-ministro da Corte Suprema de Haia, conta que ela juntava as amigas, dava as diretrizes, criava a festa, "vamos fazer um banquete". Depois dizia para a amiga: "Agora, o resto é por sua conta." E tudo saía maravilhoso.

José Francisco Rezek, desde menino era o orador da cidade e sempre participava dos eventos idealizados por Dona Sinhá. Na festa memorial do Presidente Delfim Moreira, a que compareceram autoridade da capital, foi ele, aos dez anos, o orador em nome das escolas da cidade.

– Ele falava muito bem, – elogia a mãe.

Depois de seus estudos em Santa Rita, Francisco estudou em Campinas e Belo Horizonte, terminando lá o seu curso de direito e seguindo para Paris, para seu doutorado em direito internacional. Depois foi Procurador da República, Ministro do Supremo Tribunal Federal e Ministro das Relações Exteriores do Brasil.

A época da jabuticaba – por volta de novembro – era uma animação. Dona Sinhá fazia uma bela festa na fazenda, com enormes e belos potes da fruta e promovia o concurso da *Rainha da Jabuticaba.*

Nos Leilões de Gado, na praça de Santa Rita, eram oferecidos verdadeiros banquetes com o prato preferido: o leitão assado. Vinha gente das cidades vizinhas e fazendeiros.

A culinária de Minas Gerais é famosa: o tutu de feijão, o leitão assado, a farofa de farinha de mandioca, o feijão tropeiro, a couve, o queijo branco ou curado, doces de leite, pé-de-moleque, compotas das mais variadas frutas. E ainda, os pães deliciosos, o biscoito de polvilho, o suspiro. E nas festas de Dona Sinhá não faltava nada. Certa vez, Sinhá quis fazer a *Festa das Colônias*, dos descendentes de estrangeiros que moravam em Santa Rita: a colônia libanesa, a italiana, a espanhola, a portuguesa e a africana. Nas visitas ilustres, Dona Sinhá fazia questão de oferecer jantares em sua residência. Estiveram por Santa Rita o ministro da Aeronáutica, Nero Moura, o ministro Clóvis Salgado, Magalhães

Pinto, Aureliano Chaves e tantos outros que tiveram a felicidade de experimentar as comidas típicas de Minas.

Mas o grande acontecimento, realmente um marco para a cidade, foi a homenagem pelos 500 anos do falecimento de Santa Rita de Cássia, a padroeira. Na ocasião, Dona Sinhá e o padre José foram conversar com o senhor Alberígeno, em Santa Rita de Caldas, que estava trazendo uma réplica da santa em cera. A idéia os encantou e resolveram fazer o mesmo.

A urna para a imagem da santa foi reproduzida em madeira e trazida do exterior pela própria Sinhá Moreira e colocada no altar da igreja da Matriz da cidade.

Então, no dia 22 de maio de 1957, dia do nascimento e morte de Santa Rita, fizeram uma festa que até hoje é lembrada. Contaram com a presença do arcebispo Dom Oscar de Oliveira, bispo auxiliar de Pouso Alegre; de Dom Delfim Ribeiro Guedes, bispo de Leopoldina; Dom Hugo Bressane de Araújo, bispo de Marília. Foram três dias de festejos com a procissão que contou com oitocentas moças, senhoras e crianças vestidas como Santa Rita. Em todas as portas das casas tinha um escudo da santa. Esse dia foi marcante e desde então, todo dia 22 de maio acontece a festa mais importante da cidade.

O ano de 1957 também foi um ano de visitas ilustres. No dia 11 de novembro a cidade recebeu o deputado Carlos Lacerda, exatamente um ano depois de sua volta de Portugal. Por motivos políticos, Lacerda teve de ausentar-se do país. Ele havia reassumido seu mandato de deputado federal e a direção da *Tribuna da Imprensa.* Era da UDN e, em Santa Rita, foi recebido por Dona Sinhá e outras celebridades.

A vida política de Santa Rita do Sapucaí

A UDN, União Democrática Nacional, foi fundada em 7 de abril de 1945 contra a ditadura do Estado Novo. Seu principal adversário nas urnas era o Partido Social Democrático (PSD), de representação majoritária no Congresso. O udenismo caracterizou-se pelo horror aos vários populismos e pela defesa do liberalismo clássico. Fora composto pelos seguintes grupos: as oligarquias destronadas com a Revolução de 30; os antigos aliados de Getúlio, marginalizados em 1930 ou em 1937; os grupos liberais e as esquerdas.

Em Minas Gerais, os membros do antigo Partido Republicano Mineiro (PRM) aderiram à UDN, dentre eles o coronel Chico Moreira e seu genro, Olavo Bilac Pinto.

Olavo Bilac Pereira Pinto fez uma bela carreira política. Nascido em Santa Rita do Sapucaí, em 8 de fevereiro de 1908, fez o curso primário no Grupo Escolar Dr. Delfim Moreira. Após concluir o curso secundário, foi estudar Direito na Universidade de Minas Gerais, em Belo Horizonte, sendo eleito, em 1928, presidente do Centro Acadêmico da Faculdade.

Em 1934, quatro anos depois de formado, elegeu-se deputado à Assembléia Constituinte Mineira, filiado ao Partido Progressista.

Em 1935, passa a dirigir a Revista Forense junto com Pedro Aleixo. Lançada em 1904, sob o governo Rodrigues Alves, a Revista adquire cunho nacional, consolidando-se como a mais importante publicação jurídica do país.

Ao mudar-se para o Rio de Janeiro, traz consigo a Revista Forense e funda a Companhia Editora Forense, que se firma como uma das grandes editoras de livros jurídicos do Brasil.

Em novembro de 1937, o golpe que instituiu o Estado Novo no país suspendeu a realização das eleições presidenciais e Bilac Pinto passou a se dedicar exclusivamente à atividade forense. Ainda em 1937 foi aprovado como titular da cátedra de Ciência das Finanças da Faculdade de Direito da Universidade de Minas Gerais e, em 1943, prestou concurso e assumiu a cátedra de Direito Administrativo da Universidade do Brasil, no Rio de Janeiro.

Em 24 de outubro de 1943 foi um dos signatários do Manifesto articulado por Virgílio de Mello Franco, Dario de Almeida Magalhães e Luís Camilo de Oliveira Neto que pleiteava uma imediata reformulação da estrutura política interna, substituindo o regime ditatorial por um governo eleito pelo povo, o que resultou na sua destituição das cátedras.

Com o processo de redemocratização, novos partidos foram organizados. Bilac Pinto ingressou na UDN e, em outubro de 1950, foi eleito deputado federal por Minas Gerais, sendo reeleito em 1954, 1958 e 1962.

Santa Rita era então uma cidade onde predominava a atividade rural, e na época da atuação política de Sinhá os partidos mais bem estruturados eram a UDN, apoiada essencialmente pela família Moreira, e o PSD pela família Capistrano.

Devido às obras sociais a que se dedicava, precursora que foi do crédito habitacional e do crédito educativo, Sinhá era um cabo eleitoral excepcional em Santa Rita e nas cidades do entorno.

Currais eleitorais eram organizados pelos partidos e os colonos eram trazidos pelos proprietários das fazendas para participar da eleição. Recebiam as cédulas impressas com os nomes dos candidatos dos respectivos partidos políticos e eram levados até as urnas para votar, retornando às fazendas depois de farta alimentação.

Sinhá participou intensamente das eleições de 1950, 1954 e 1960, em apoio ao cunhado Bilac Pinto e aos outros candidatos da UDN a cargos federais, estaduais e municipais, mas a rivalidade política era relegada a segundo plano quando se fazia premente a necessidade da união em benefício da cidade. Foi graças a essa atitude de isenção política e de grandeza dos santar-ritenses que Sinhá conseguiu que o projeto de criação das escolas técnicas de eletrônica de nível médio, montado por ela com a ajuda de professores especializados, fosse aprovado e assinado pelo presidente Juscelino Kubitschek, um emérito político pessedista.

A morte do coronel Chico Moreira

Desde a morte de Dona Mindoca, a relação entre Sinhá e seu pai ficara ainda mais forte. Moravam na mesma casa, tinham os mesmos interesses, uma admiração recíproca pelas atividades que desenvolviam na cidade.

Coronel Chico mantinha o seu ritual de visitar suas fazendas pela manhã, almoço em casa, tardes na agência do Banco Nacional de Minas Gerais em Santa Rita, a soneca antes do jantar. Estavam sempre juntos às refeições, coronel Chico sempre de terno e gravata e Sinhá lhe trazendo todas as notícias sobre as conversas, as histórias do que se passava na cidade. Seu filho, Delfim Rennó Moreira, mais conhecido como Moreira, o ajudava a tocar as fazendas. Casado com Nazareth, com quem teve quatro filhos, Moreira, com seu jeito calmo, usava sua habilidade para administrar os empregados e a produção agrícola, que ainda era o café.

Coronel Chico estava com 79 anos. Era uma quinta-feira, dia 3 de janeiro de 1957, quando espalha-se a notícia de que o coronel não estava passando bem. A cidade ficou em suspenso diante de sua residência na praça de Santa Rita. Sinhá Moreira, Carminha, que viera do Rio de Janeiro onde morava, e o filho Moreira ficaram ao lado do pai. Magalhães Pinto, seu sócio no Banco Nacional de Minas Gerais, veio rápido de Belo Horizonte.

Foram apenas dois dias. No dia 5 de janeiro foi anunciada a sua morte. Não houve quem não quisesse passar por ali para lhe prestar homenagem. Idosos, jovens, crianças, libaneses, portugueses, espanhóis, pretos e brancos, a cidade tinha que se curvar diante do corpo do coronel Francisco Moreira da Costa.

A perda do pai é sempre dolorosa. Sinhá perde a figura que representava o símbolo da segurança e da seriedade. Perde a mão que a acolhera em todas as suas manifestações, dando-lhe total apoio. Sinhá estava com 50 anos e rapidamente se reergueu, dando prosseguimento aos seus ideais, com coragem ainda maior para levar adiante o trabalho da família Moreira.

A Escola Técnica de Eletrônica

Na década de 30, o campo da radiodifusão e das telecomunicações crescera vertiginosamente, quando a Guerra Mundial forçara o desenvolvimento do radar e da telemetria. A descoberta do transistor, em 1948, a compactação e miniaturização dos circuitos, a televisão, o processamento eletrônico de dados, com suas variadas aplicações na medicina e na indústria, exigiam um aprimoramento tecnológico.

O avanço industrial do Brasil apontava para o caminho que se desenvolvia mundialmente – a área da eletrônica. Sentindo uma carência de profissionais de nível técnico nesse campo, Dona Sinhá teve a idéia de criar uma escola que suprisse tal necessidade.

Santa Rita do Sapucaí não oferecia muito futuro para o adolescente que terminava o curso secundário. Ao terminá-lo, os estudantes iam para outras cidades e muitos não voltavam mais.

Sinhá pensou fazer de Santa Rita do Sapucaí uma cidade de estudantes. Queria fundar uma escola que desse logo uma profissão aos jovens. A idéia então era criar um curso técnico de eletrônica que admitiria crianças na faixa de 14 anos em diante.

Para ajudá-la a concretizar seus ideais, Dona Sinhá contava com três companheiros e aliados: a amiga Alda, o Joaninho e o padre José. Mas, neste ramo, nenhum deles tinha familiaridade. Numa ocasião em que Sinhá esteve na cidade mineira de Lambari, ela conheceu o professor João Antônio de Souza Fernandes Neto. Depois de algumas conversas, convenceu-se de que deveria lutar para introduzir uma escola técnica de eletrônica no Brasil, acreditando que estaria abrindo as portas para a formação de especialistas. Foi, então, a Itajubá conversar com o conceituado professor José Nogueira Leite, pedindo-lhe que traçasse um projeto de escola de eletrônica. O professor, a princípio, não se animou muito a atender ao seu pedido. Passado algum tempo, ela, com seu jeito bastante determinado, lhe perguntou se, afinal, ele iria fazer o projeto ou não. Ele chegou a indagá-la se, realmente, seria viável criar esse tipo de escola em Santa Rita do Sapucaí e teve dela a resposta: "eu quero". Assim, o projeto começou a ser feito.

A idéia foi tomando forma. Sinhá cada vez mais empolgada. Seu amigo Walter Telles, que acabara de chegar dos Estados Unidos, onde tinha assistido a uma palestra de Albert Einstein, contou que o ilustre físico havia dito que o mundo giraria em torno da eletrônica. Era caso de investir mesmo nessa área, considerando que, para a emancipação econômica e industrial do Brasil, seria imprescindível o preparo de equipes técnicas com uma mentalidade científica. Na época, ainda não existia nenhuma escola de eletrônica na América do Sul.

Montar uma escola não é coisa simples. Era preciso pensar em quem iria administrá-la, quais os professores e qual o programa do curso. A responsabilidade era grande. Sinhá pensou numa ordem religiosa que, por tradição, desde a época da colonização, foi a responsável pela educação no Brasil. Teria de optar entre os salesianos, os lasalistas, os maristas e os jesuítas.

A história dos jesuítas no Brasil começou em 1549, quando chegaram ao Brasil o padre Manoel da Nóbrega e mais quatro companheiros. Vindos da Companhia de Jesus, fundada, em 1540, pelo espanhol Inácio de Loyola, essa ordem religiosa, originária da Igreja Apostólica Romana, se moldava mais adequadamente à maneira de pensar de Sinhá Moreira. Por ter tido uma formação católica, desde pequena ouvira falar do padre José de Anchieta, o santo da terra brasileira, educador, poeta, missionário, e do padre Antônio Vieira, o maior orador sacro do século XVII. Essa Companhia fundou colégios, igrejas, tornando-se a maior educadora e missionária do Brasil. Os salesianos e os maristas também possuíam tradição como educadores. Vieram para o Brasil no século XVII e também fundaram escolas por todo o país. Mas nessa hora, os jesuítas mostraram-se mais talhados para assumirem a Escola Técnica de Eletrônica.

Sinhá viajou para São Paulo e conversou com o padre Viotti. Ele a aconselhou a ir a Belo Horizonte procurar o padre González Cutre, um provincial dos jesuítas. Este, enviou o projeto da escola para o padre Vaz que, na época, era estudante de química na Universidade de São Paulo, pedindo-lhe uma opinião. Padre Vaz aprovou o projeto, embora naquele momento não pudesse sair da universidade.

Padre Gonzalez Cutre procurou, então, o padre Alexandre Caballero Garcia y Borla e lhe disse:

– Gostaria que o senhor fosse a Santa Rita do Sapucaí. Pois lá uma ilustre senhora anda com certos planos educacionais que parecem interessantes. Vá, veja as coisas e diga-me depois o que lhe parecer conveniente que se faça.

Padre Caballero considerou o projeto promissor e conversou com o padre Cutre sobre a intenção de levá-lo adiante, o que o deixou bastante feliz, pois se a resposta fosse negativa, eles teriam de desistir.

– Só que, no momento, não tenho mais ninguém para ajudar. Mais tarde, porém, não o deixaremos sozinho, – disse padre Cutre.

Padre Caballero foi apresentado a Sinhá Moreira e com ela teve uma enorme sintonia. Iniciaram os trabalhos no porão da casa, com a ajuda do professor Fernandes Neto, do professor Francisco Magalhães, de Mariângela Carneiro e Mozart Cleto Duarte.

Como não havia na época regulamentação para esse tipo de escola, Sinhá Moreira recorreu ao cunhado Bilac Pinto, profundo conhecedor das leis e constituintes brasileiras, tendo sido, em 1952, o autor do substitutivo da UDN ao projeto da Petrobrás, remetido à Câmara dos Deputados pelo Poder Executivo e que previa a pesquisa, a lavra e a exploração industrial do petróleo pela Petrobrás e não pelo Estado. Bilac Pinto então lhe disse que seria necessário fazer um projeto de escola de nível médio para ser legalizada em decreto do governo.

Foram viagens e mais viagens para montar o projeto técnico-didático da escola. Fez consultas com os professores do Instituto Eletrotécnico de Itajubá, do Instituto Tecnológico da Aeronáutica, em São José dos Campos, e das Escolas Federais de Engenharia do Rio de Janeiro e, por fim, sob a orientação do professor Alfonso Martignoni, então consultor técnico da Diretoria do Ensino Industrial, conseguiu concluir o projeto.

Não havia nada desse gênero nos estatutos brasileiros.

Sinhá Moreira foi ao Rio de Janeiro com uma caneta de ouro na mão para que o então presidente Juscelino Kubitschek assinasse o Decreto nº 44.490, criando os cursos de eletrônica em nível médio no Brasil, em 17 de setembro de 1958.

Simultaneamente, era necessária uma entidade mantenedora da escola. Sinhá Moreira correu com o processo para a criação da Fundação Dona Mindoca Rennó Moreira – em homenagem a sua mãe – da qual era a fundadora e presidente e tendo como presidente do Conselho Curador, seu cunhado Bilac Pinto. A Fundação recebeu sua base jurídica em 11 de outubro de 1958 e foi reconhecida de utilidade pública pelo município de Santa Rita do Sapucaí em 30 de dezembro desse mesmo ano.

O próximo passo seria pensar na construção da escola. Sinhá foi ao então ministro da Educação do governo de Juscelino Kubitschek, Clóvis Salgado, e lhe fez uma proposta de convênio: o governo construiria o prédio da escola e ela doaria o terreno e, através da Fundação que presidia, se encarregaria da manutenção da escola. O assunto interessou: arcar somente com a construção e deixar para ela o encargo de fazer a escola funcionar, assumindo as despesas e os problemas, de certa maneira, era bastante cômodo para o governo.

O ministro Clóvis Salgado foi pessoalmente participar da solenidade de instalação da pedra fundamental da Escola Técnica de Eletrônica Francisco Moreira da Costa. Com projeto elaborado pelo Ministério da Educação, em princípio, o prédio seria construído no morro do Esguicho, mas logo perceberam que seria impraticável e era necessário adaptá-lo aos terrenos planos às margens do rio Sapucaí. Padre Caballero, muito empolgado, modificou as plantas, com a aprovação do arquiteto Escragnolle, autor do projeto anterior.

Em março de 1959 começou a funcionar a ETE. Um pequeno prédio que abrigou 13 alunos dos 60 que se candidataram. O diretor, padre Alexandre Caballero, contava com o padre Xavier Alonso Gil recém-chegado da Espanha, padre Costantino e padre Jair. Os primeiros professores de matemática, química, física eram da Escola Federal de Engenharia de Itajubá, pois em Santa Rita do Sapucaí ainda não havia corpo docente para esse tipo de curso.

O curso era tão pioneiro que um de seus primeiros alunos, Ronaldo Carvalho, revela que estudavam a teoria da televisão sem terem televisão em casa. Ele conta que quando começou a escola, alguns parentes falavam para seus pais:

– Ah! Seu filho vai se formar radio técnico? Ele vai aprender a consertar rádio?

Ainda não se tinha idéia do que realmente a escola oferecia.

Com duração de quatro anos, tinha em seu programa as matérias de cultura humanística, as do segundo ciclo secundário e mais as disciplinas técnicas tais como eletrotécnica, eletrônica geral, radiorrecepção, radioemissão, televisão e freqüência modulada, semicondutores, metrologia eletrônica, computação eletrônica, eletrônica industrial, radiolocalização, construção de equipamentos, desenhos e projetos, telecomando, automação industrial, etc.

A escola iniciou com 13 alunos, todos pagando mensalidade. Na metade do primeiro ano, Sinhá Moreira lhes dá a notícia de que teriam bolsa integral por quatro anos.

– Eu acho que foi por isso que consegui estudar, – conta o ex-aluno Ronaldo Carvalho, emocionado, revelando que nos primeiros quatro anos, a montagem dos equipamentos, o pagamento dos professores, tudo era feito com os recursos de Sinhá. Só com o passar dos anos a escola foi conseguindo verbas e bolsas de estudos. Antônio Ribeiro Neto, Dalton Luís Teles, Luís Gonzaga Martins, Ronaldo Carvalho, Flávio de Azevedo Carvalho (irmão de Ronaldo), Luís Roberto Kallás e Carlos Edmundo Mendonça Andrade foram os formandos da primeira turma.

Sinhá sabia que sua cidade era pouco conhecida em âmbito nacional. A mídia da época ainda não tinha recursos para acompanhar os acontecimentos de todos os cantos do país. Sendo assim, ela mesma se encarregou de divulgar a escola. Alugou um ônibus para levar seus alunos da ETE em visita à IBM, em São Paulo. Ao chegar, com seu jeito expansivo, disse:

– Eu vim aqui trazer esses rapazes para vocês conhecerem os profissionais que estamos formando lá em Santa Rita do Sapucaí.

E essa sua viagem teve resultado. Muitos dos "meninos de Dona Sinhá" acabaram trabalhando na empresa. Entre as décadas de 60 e 80, todos os anos, a IBM recrutava técnicos de manutenção na ETE.

Na época da formatura da primeira turma, os alunos foram à casa de Sinhá Moreira convidá-la para ser a paraninfa. Qual não foi a surpresa ao ouvirem suas palavras:

– Não vou aceitar, se eu for a paraninfa da formatura de vocês, a festa vai ficar restrita apenas a Santa Rita do Sapucaí. Então, vocês vão convidar para paraninfo o ministro Clóvis Salgado.

Ela própria organizou a viagem. Ela, o motorista e mais sete alunos numa Kombi, com destino ao Rio de Janeiro, para fazer o convite pessoalmente ao então ministro de Educação.

Ele ficou muito grato e satisfeito e aceitou ir a Santa Rita para a formatura.

Aproveitando essa viagem, Sinhá Moreira solicitou uma visita ao presidente Juscelino. Foram recebidos em seu apartamento. Ronaldo Carvalho lembra até hoje do diálogo que houve na sala de visitas:

– Senhor presidente, eu sou a Sinhá Moreira, de Santa Rita do Sapucaí, da Escola Técnica de Eletrônica. O senhor naturalmente se lembra de nós.

E o presidente respondeu:

– Mas é claro, Dona Sinhá, eu não poderia esquecer de uma obra do meu governo.

E Dona Sinhá, com sua segurança, o corrigiu:

– Não, presidente, o senhor vai me desculpar. Essa não foi uma obra do seu governo. Essa foi uma obra nossa.

E ele então abriu um sorriso largo e deu um abraço em Sinhá.

Ela sabia que aquela não era uma simples escola, ela iria abrir as portas para o ramo de eletrônica no Brasil. Santa Rita do Sapucaí era uma cidade muito pequena, de pouca relevância dentro de seu próprio país. Seria preciso, portanto, divulgá-la e projetá-la politicamente.

Já em 1960, diversos jornais como *O Diário do Povo*, de Campinas, *O Estado de Minas, O Diário da Tarde, O Correio do Sul*, a revista *O Cruzeiro* publicaram matérias, apontando a escola de eletrônica como um projeto pioneiro, destacando o trabalho de Sinhá Moreira dispondo-se a financiar as instalações necessárias para o funcionamento daquela instituição.

Padre Caballero empenhava-se nesse processo. Muitas viagens foram feitas para divulgar a existência da escola. Ele e

Dona Sinhá estiveram no plenário da Federação e Centro das Indústrias de São Paulo, apresentando o curso para diretores e industriais. A repercussão foi excelente. Padre Caballero declarou que a escola tinha, em equipamento, o valor de 18 milhões de cruzeiros, mas face o interesse despertado nos jovens, eles precisariam de mais 400 milhões para melhor equipá-la. A Federação se dispôs a conseguir apoio e material eletrônico junto às indústrias, que seriam as mais diretamente interessadas em formar especialistas no ramo da eletrônica.

Nesse mesmo ano, a escola recebeu a visita de Magalhães Pinto, candidato a governador de Minas Gerais, acompanhado pelos deputados Bilac Pinto e Milton Sales. Ao conhecer a escola que levava o nome de seu já falecido companheiro, Francisco Moreira da Costa, Magalhães Pinto fez um discurso emocionado elogiando essa "grande obra".

Em 5 de dezembro desse mesmo ano de 1960, o governador de Minas Gerais, José Francisco Bias Fortes, enviou mensagem ao presidente Juscelino encaminhando projeto de lei com a proposta de concessão de auxílio financeiro à Escola Técnica de Eletrônica de Santa Rita do Sapucaí, defendendo a idéia de amparar essa iniciativa particular dedicada ao aprimoramento educacional de nossa sociedade.

O empenho de Dona Sinhá não foi em vão. Logo, a escola passou a ser reconhecida e valorizada como um marco para o desenvolvimento do país. No volume do Ministério da Cultura sobre o desenvolvimento da educação e da cultura no governo Juscelino Kubitschek consta o convênio estabelecido com a Fundação Dona Mindoca Rennó Moreira, para a construção e instalação da escola. Assim, a instituição passou a contar com subsídios do governo para a melhoria de suas instalações e de seus equipamentos.

O projeto idealizado por Dona Sinhá, numa área de 200.000 metros quadrados, previa uma superfície coberta de 16.800 metros quadrados com laboratórios, amplos pavilhões destinados à administração, às oficinas, ao auditório e ao almoxarifado, blocos residenciais para alunos, professores e funcionários, praça de esporte, piscina. Pensava-se dentro do conceito de *campus*, onde o aluno desfrutaria de tudo que fosse necessário para garantir seu aprendizado.

Já no primeiro ano, a escola recebeu um radar da Marinha do Brasil e outros equipamentos do Exército e da Aeronáutica.

Neste caminho, nos anos seguintes, a escola recebeu equipamentos doados pela CESP, o INPE, a Standard Electrica, FURNAS e Rede Globo. A Eletrobrás também atuou com diversos convênios, fornecendo recursos para compra de material, livros técnicos e também para a concessão de bolsas de estudo.

A escola disponibilizava dois tipos de bolsas de estudo:

1- bolsa simples, concedida pela fundação mantenedora, sob a forma de empréstimo. O aluno contemplado ficava dispensado do pagamento das anuidades, comprometendo-se a custear, depois de formado, através do Fundo de Bolsas da Fundação, os estudos de outro aluno. O critério de concessão era a carência de recursos e uma avaliação por um teste vocacional que garantisse êxito no curso.

2- bolsa completa, concedida por indústrias ou empresas e incluía o pagamento das anuidades e uma ajuda de custo para a hospedagem e a alimentação.

Desde o início de seu funcionamento, a escola mantinha contato com a indústria nacional, atualizando-se em relação às produções e conseguindo estágios. Em 1961, padre Caballero esteve nos Estados Unidos visitando os setores relacionados com o ensino da eletrônica, visando ao aperfeiçoamento da escola. Nesse mesmo ano, Dona Sinhá e o vice-diretor da escola, Fernandes Neto, acompanharam os alunos a São Paulo para visitarem o cérebro eletrônico da Universidade de São Paulo, o Departamento de Física e o Reator Atômico. Essa visita tomou páginas de alguns jornais como a *Folha de S. Paulo, A Gazeta, O Estado de São Paulo* e o *Diário de Minas Gerais.*

Quando os primeiros alunos da escola estavam na metade do curso, já recebiam ofertas de colocação em grandes indústrias de São Paulo, Brasília, Minas Gerais e Rio de Janeiro.

Já no primeiro ano o número de salas foi ampliado, prevendo-se que a procura seria cada vez maior.

A satisfação de Sinhá Moreira era enorme. Além de sentir que a escola realmente iria contribuir para o desenvolvimento da eletrônica no Brasil, ela via sua cidade se tornando conhecida e, mais, atraindo estudantes de todo o país, que enchiam suas ruas e restaurantes, criando um clima agradável com jovens empenhados em estudar. Dizem que Dona Sinhá proporcionou vários casamentos. Se não fosse ela, Santa Rita do Sapucaí ficaria restrita a seus moradores, mantendo aquela tradição de casamentos entre parentes. Mas não, a Escola Técnica de Eletrônica causou a evolução da cidade em vários sentidos, passando a ser conhecida não apenas pelo seu aspecto agrícola, mas agora como a "cidade da eletrônica".

No entanto, ninguém imaginaria que aquela pessoa tão empenhada nesse projeto, obtendo tamanho êxito, sairia deste cenário prematuramente.

A doença de Dona Sinhá

O ano era 1962. O corpo de Sinhá começou a apresentar sintomas de que algo não andava bem. Sentia dores. O diagnóstico não era muito bom e sua família resolveu levá-la para o Rio de Janeiro, para ser acompanhada pelos médicos de lá. Sinhá ficou hospedada em casa de Carminha e Bilac Pinto, na avenida Vieira Souto, em Ipanema. Nesse mesmo ano, Bilac Pinto havia sido reeleito deputado federal e passara a ser líder da bancada da UDN na Câmara dos Deputados.

Constataram que ela estava com um câncer no estômago. O fato é que não adiantaria submetê-la à operação.

Ela foi para o Rio e ficou. Não havia condições de viajar sempre para Santa Rita para acompanhar o trabalho dos jesuítas. Sua irmã e o cunhado tão amigo ficaram ao seu lado, dando-lhe o apoio necessário e imenso carinho. A sobrinha Beatriz, que ainda não havia se casado e morava com os pais, ajudava muito.

Regina Bilac Pinto, a outra sobrinha, já casada, dá o seu depoimento sobre essa época:

"Vi Sinhá pela última vez no aeroporto do Galeão, quando eu partia para os Estados Unidos, com meus filhos e meu marido, por um período de dois anos.

Ela viera ao Rio para uma consulta médica, e eu jamais poderia supor que não a veria mais com vida. Comunicamo-nos por carta nesse curto período que precedeu sua morte. Suas cartas, carinhosas e assíduas, eram sempre datilografadas em papel timbrado, bem escritas e elegantes. Transcrevo trechos dessa correspondência que testemunham sua luta árdua pela sobrevivência:

'Rio, 10/10/1962

... fui para passar uns 15 dias em Santa Rita, mas, infelizmente, lá não pude ficar. O movimento de visitas cada vez maior e eu sem poder fazer uso dos remédios e do repouso exigido. Pelos últimos exames estou com úlcera no duodeno e em observação para se confirmar o diagnóstico.'

•••

'Rio, 18/01/1963

... estou ainda enfraquecida e sempre me aparece uma coisa ou outra o que não deixa de causar incômodo. Hoje irei tomar uma aplicação de albumina humana... Os dias me parecem vazios e arrastados, tudo corre lentamente. O pós-operatório é mais penoso que a própria operação.'

•••

'Rio, 07/02/1963

... suas cartas aliviam sua ausência... vocês são todos muito bons para mim e nem sei como retribuir tanta bondade. Espero,

isso sim, poder retribuir de outra maneira, não pela doença. Que Deus nos livre dela e que meu sofrimento moral e físico reverta em bem e felicidade para vocês todos.

A Escola vai bem, têm aparecido muitos alunos para o vestibular. A Marinha vai dar 10 bolsas de estudos para os filhos do pessoal de lá mesmo. Vai nos dar, também, muito material usado para experiência dos alunos. Graças a Deus parece-me que a Escola vai se tornando cada vez mais conhecida e merecendo o apoio de entidades de nome como a Marinha.'

•••

"Sinhá foi uma mulher excepcional. O casamento imposto pela família frustrou sua expectativa de vivenciar as alegrias de um amor integral. Mas esta união com o primo, diplomata de carreira, permitiu que Sinhá conhecesse países culturalmente tão diversos e tecnologicamente mais avançados, como os Estados Unidos e o Japão, entre outros, e deu-lhe uma visão de mundo essencial à elaboração de todos os projetos de cunho social e educacional que realizou.

Sinhá não era uma mulher de prendas domésticas, mas os diversos cargos ocupados pelo marido, em países cultural e culinariamente diferentes, onde sua função consistia em receber os convidados com elegância, provida de assuntos atuais e de informação consistente sobre seu país de origem, cuidando ao mesmo tempo da alimentação e da disposição da mesa adequada ao costume local ou ao sabor brasileiro, transformaram-na em uma grande anfitriã.

Ao voltar a residir em Santa Rita, após a separação, Sinhá assumiu a administração da casa paterna. Recebia para almoços e jantares formais com a mesma elegância e *savoir faire* com que organizava churrascos ao ar livre, festas de formatura, bailes de debutante, passeios a cavalo nas fazendas e muitos outros eventos.

Sinhá venceu todos os obstáculos impostos por uma sociedade machista, na qual as mulheres eram criticadas e depreciadas quando assumiam atitudes de comando e, quando eu era jovem, era voz corrente em Santa Rita que uma Sinhá Moreira valia por dez homens.

Sinhá foi para mim um exemplo de realização feminina. Procurei pautar minha vida pela sua, e agradeço sempre a Deus o privilégio de ter com ela convivido tão intensamente. Homenageei-a dando à minha filha caçula, nascida nos Estados Unidos três meses após sua morte, o nome de Ana Luzia."

Nessa época, o padre Caballero já havia saído da escola, por problemas particulares, passando seu cargo para o padre José de Souza Oliveira. Sentindo que sua situação vinha se agravando, Sinhá pediu que viesse outro jesuíta para dirigir a escola.

O escolhido foi o padre Dom Vaz, que estava indo fazer doutorado na Alemanha, quando foi chamado pelo padre provincial que lhe falou:

– Olha, eu preciso de você em Santa Rita do Sapucaí.

Padre Vaz, sendo pego de surpresa, foi para Santa Rita sabendo pouca coisa sobre a escola. Ao chegar lá, vendo a dimensão do que teria de administrar, pensou em ter uma conversa com Dona Sinhá.

Foi uma viagem lenta, numa Kombi, todo o tempo pensando no cargo que estava assumindo, na imensa responsabilidade que é administrar uma escola deste porte. Chegando ao Rio, foi direto para a casa de Bilac Pinto. E a conversa com Sinhá começou, tendo também a presença da sobrinha Beatriz. Apesar da fraqueza, Sinhá falou por quase uma hora. Com entusiasmo, falou de seu sonho de ver a escola consolidada, e tornando-se um centro para o desenvolvimento de Santa Rita, não só educacional, mas também social e tecnológico.

Bastaram quarenta minutos de conversa com Dona Sinhá para incutir no padre a importância daquele trabalho. Era final de fevereiro. Poucos dias depois, no dia 9 de março de 1963, ela veio a falecer na cidade do Rio de Janeiro, aos 55 anos.

O velório

Seu corpo foi trasladado para sua terra, sendo o velório na residência do irmão, Delfim Rennó Moreira, por onde passaram todos os habitantes de Santa Rita do Sapucaí. Todos queriam vê-la pela última vez, todos queriam homenagear a mulher que tanto fez pela cidade. Quase todos tinham um agradecimento a fazer. Uns, pelo auxílio na educação dos filhos, outros sabiam que tinha sido através dela que conseguiram comprar a sua moradia, outros ainda obtiveram ajuda na doença de algum parente.

Personalidade vibrante, ativa, conseguiu no seu microuniverso realizar as benfeitorias necessárias para dar conforto, segurança e promover desenvolvimento educacional e social.

O enterro foi às 10 horas da manhã. Antes, porém, foi lido o seu testamento, por exigência dela. O filho do seu tio Delfim Moreira, Delfim Moreira Júnior, que era ministro do Tribunal Superior do Trabalho, leu o texto.

Antes de fazer a declaração e a distribuição de seus bens, lembrou-se de seus pais, escreveu palavras afetuosas para os irmãos e demais parentes, pedindo-lhes compreensão para a disposição de sua última vontade. Reconheceu "o conforto e a paz de espírito e o bem interior" recebido pelos ensinamentos da Igreja Católica e revelou ter aprendido grandes lições na convivência com os humildes. E deixando o seu adeus a todos, pediu desculpas pelas possíveis ofensas. Na distribuição de seus bens, o maior legado foi destinado à Fundação Dona Mindoca Rennó Moreira para que se mantivesse a assistência à instrução dos jovens. Conhecendo as dificuldades da manutenção das vocações sacerdotais, legou ao seminário de sua Arquidiocese e aos padres jesuítas um certo número de bolsas de estudos, como fizera para outros educandários, e um expressivo auxílio para a constituição do Patrimônio Paroquial. Devota de Santa Rita, Sinhá deixou um donativo para a construção de sua Matriz. Não se esqueceu de seus empregados a quem deixou certa quantia.

No final da leitura de seu testamento houve um silêncio. Precisava-se meditar a respeito dessa mulher que, além de ter em vida se dedicado inteiramente, de ter disposto de seus bens para financiar a educação, a saúde e a moradia, obrigações da esfera pública, depois de morta ainda tem a coragem de deixar sua fortuna para os que poderiam continuar o seu trabalho. Seus irmãos, conhecendo a irmã que tinham, não fizeram nenhuma objeção. Padre Vaz que, nesse ano de 1963, assumiu a direção da Fundação Dona Mindoca Rennó Moreira, revelou que nunca viu tamanha harmonia na execução desse testamento.

– Ela tinha vários terrenos em Santa Rita e os herdeiros seriam a irmã Carminha, esposa de Bilac Pinto, o irmão Delfim Rennó Moreira e a Fundação.

Depois da divisão feita, sobrou a casa da praça onde Sinhá morava.

– Foi na base do papelzinho, – conta o padre. E quem ficou com a casa foi a irmã, Dona Carminha.

Antes do sepultamento, padre Vaz fez pequeno discurso em nome da ETE; Dr. Janir, pelo grêmio da escola; Paulo Campos, pelo governador do estado; Fernando Marques C. Duarte, pelo grupo escolar Dr. Delfim Moreira; Antônia Jane da Silva, pelas bolsistas da Escola Normal; Professora Denise A. Duarte pela Escola Nossa Senhora da Fátima; Paulo C. Azevedo, pela Escola Normal, Tiro de Guerra 118 e grupo escolar Coronel Joaquim Inácio; Dona Ruth Brasil Nunes, pelas mães dos alunos; Professora Maria Garcia C. Duarte, pelos moradores do Bairro Vista Alegre; Milton Xavier de Carvalho, pela Academia Sul Mineira de Letras; José de Alencar Souza Viana, pela Câmara Municipal; Arlete Telles Pereira, pela Obra de Assistência da Paróquia e Escola Técnica de Comércio. O deputado Antônio Aureliano C. Mendonça, como representante do governador na cidade, também fez um pronunciamento. Assim como Dona Ordalina de Faria Costa, em nome da Assembléia Legislativa de Minas; e também teve pronunciamentos dos representantes do prefeito de Careaçu.

O prefeito municipal de Santa Rita do Sapucaí decretou luto oficial nos dias 9, 10 e 11 de março de 1963.

Uma semana depois, na Matriz da cidade, foi celebrada solenemente a Missa de Sétimo Dia por alma de D. Sinhá. O celebrante foi o Bispo Dom Hugo Bressane de Araújo, grande amigo de Sinhá e muito ligado à família Moreira, na época Bispo de Marília em São Paulo.

A Formatura da Primeira Turma

Em dezembro de 1962, houve a solenidade de formatura da primeira turma da ETE. Momento de profunda alegria, pois se comemorava a vitória de um percurso trabalhado e agora conquistado. Momento de tristeza, por não poderem contar com a presença da principal realizadora de tudo aquilo, a pessoa que mais merecia estar presente nesse evento.

Dona Sinhá já estava no Rio em tratamento. Sendo representada pelo seu sobrinho, Francisco Bilac Moreira Pinto, foi inaugurada a exposição de montagens eletrônicas e equipamentos didáticos fabricados pelos alunos durante o ano. Houve exposição de amplificadores comuns, estéreos e transistorizados, fabricados pelos alunos de 1ª série, e os circuitos impressos em áudio, pela primeira vez feitos no Brasil. No laboratório de telecomunicações também foram expostos os quarentas transmissores presenteados pela Aeronáutica e os receptores e transmissores montados pelos alunos. Em outro laboratório, o monitor de TV em circuito fechado, televisores e vários aparelhos mostravam aos visitantes a eficiência das aulas práticas. No laboratório de Eletrônica Industrial, podia-se observar computação, radar e microondas. Nos projetos de formatura, o primeiro classificado referia-se a um contador digital binário que ultrapassou a velocidade dos mais rápidos computadores importados.

Houve entrega de prêmios para os dois melhores projetos e o paraninfo da turma, o ministro da Educação, professor Clóvis Salgado, fez um discurso apontando a necessidade de investir neste ramo da ciência técnica.

Um alto funcionário da Cemig, o engenheiro húngaro, Larros Godoks, disse ao diretor da escola.:

– A Cemig não sabe quantos são os formandos, mas está oferecendo emprego para todos.

Foi uma bela cerimônia, de cujo significado ainda não se tinha dimensão. Talvez, do seu leito no Rio de Janeiro, Sinhá Moreira sentisse os olhares perplexos, os comentários inflamados diante da exposição do que havia sido produzido durante aqueles anos na Escola Técnica de Eletrônica. Do seu leito, ela sabia que esse dia representava um passo decisivo na vida da cidade de Santa Rita do Sapucaí, na história do estado de Minas Gerais e do Brasil.

Os anos seguintes

Coube ao padre Vaz levar adiante o projeto da ETE, o que soube fazer com sabedoria. Sabia que os recursos federais seriam destinados à construção da escola e os das indústrias e empresas viriam em forma de equipamentos. Sendo assim, os recursos deixados por Dona Sinhá para a Fundação Dona Mindoca Rennó Moreira foram administrados para suprir as necessidades da manutenção da escola.

O primeiro ano sem Dona Sinhá não foi fácil. Dos recursos para construção da escola, cujo orçamento assumido pelo governo federal era de 300 milhões de cruzeiros, vieram apenas 10 milhões durante o governo João Goulart, em julho de 1964. De março de 1963 até agosto de 1964, padre Vaz recorreu ao Banco Nacional e ao governador Magalhães Pinto, que lhe deu crédito livre.

Sua luta era enorme. Como o auxílio do Dr. Bilac Pinto, homem forte do governo Castelo Branco, que sucedeu o de Goulart, a situação normalizou-se:

– Mas não era fácil conseguir dinheiro. Acho que fazia uma ou duas viagens mensais a Brasília, enfrentando as horas intermináveis de ônibus ou as longas estradas na velha Kombi da ETE, – conta o próprio padre Vaz. – A obra era grande, o terreno ingrato e o dinheiro curto.

Joaninho, que tinha sido o braço direito de Sinhá Moreira nas suas grandes obras, morrera e, no seu lugar, ficou Luiz Costa, com quem padre Vaz pôde contar para essa obra.

– Lembro-me das 48 horas ininterruptas concretando o Castelo de água ou as 30 horas de concretagem da piscina, – relata padre Vaz. – No fim, uma pinga para reanimar, todo o mundo para casa para tomar banho, comer e dormir, proibidos de voltar ao trabalho nos próximos dois dias.

Essa obra teve muitas histórias. Graças a José de Almeida Paiva, da Cemig, as instalações elétricas externas foram concluídas. Mas e a interna? Não havia dinheiro para trazer uma firma especializada de São Paulo ou Belo Horizonte. Então, o padre Furusawa, Estevinho e João Leitão resolveram assumir essa empreitada. "Pendurado no poste com um guarda-chuva amarrado para se proteger do sol, a gente via o padre Furusawa", escreve o padre Vaz em seu relatório sobre a escola. No espaço entre as telhas e o forro, Estevinho e João estendiam os fios. Calçar as ruas foi uma aventura. Domingos, o responsável, entre um e outro paralelepípedo, se deparava com um sapo. Todos os dias, no fim da jornada, eles se reuniam para contar cada um sua história: Gonçalo, Vítor Ernesto, Zé do Bina, Tié, Bolachão, Bolero, Afonsinho, Badí, Valter, Zé Coelho, Antônio da Catarina, Benedito Inácio, Zé Inácio, "seu" Fernando Rezador, Zé Turquinho, Roberto, Peixe Frito e tantos outros.

Enfim, o prédio terminou e iniciou-se a etapa de montar os equipamentos. Houve a ajuda do Ministério da Cultura, que incluiu a Escola Técnica de Eletrônica entre aquelas beneficiadas com equipamento importado do Leste Europeu.

O prestígio da escola foi bastante reconhecido e esse mérito lhe levou a obter o apoio de instituições e empresas. A MISEREOR, instituição católica alemã, foi uma das que mais se sobressaíram em ajuda, pois ela procurava levar o apoio a países em desenvolvimento. Graças a sua vultosa doação, a escola conseguiu adquirir grande quantidade de aparelhos da Siemens, Rodhe e Schwarz, PEK e outros. Deve-se o contato com a instituição alemã ao padre Marcelo Azevedo, provincial dos jesuítas e presidente da Fundação Mindoca Rennó Moreira.

No começo, a escola contou com nomes importantes, que se dispuseram a dar aulas, como Aureliano Chaves e Fernando Constanti. Na primeira fase, houve a colaboração de Dona Cidália, Zé Elpídio, Francisco Magalhães e outros. Os estudantes de engenharia de Itajubá também ajudaram, mas não se podia contar com eles para um grupo permanente. Mas, aos poucos, criou-se uma equipe com o apoio dos professores jesuítas, que foi moldando a fisionomia espiritual e pedagógica da ETE.

A escola tomou forma. Rapazes de todas as regiões do país vinham estudar em Santa Rita do Sapucaí. A vida social da cidade tornou-se intensa. No grande refeitório da escola realizavam-se bailes, os quais as moças de família tinham autorização de seus pais para freqüentar. Como Dona Sinhá sonhava, muitos casamentos aconteceram entre as moças de Santa Rita e os estudantes da ETE. Contam-se mais de cem.

Nesta época o Padre Vaz teve a preciosa colaboração do Irmão Jorge Raad que controlava as finanças da ETE. Conhecera bem D. Sinhá que tinha nele grande confiança. Seu apoio e trabalho foram decisivos para a organização da Fundação Dona Mindoca, agora confiada à direção dos padres jesuítas.

O quadro de D. Sinhá presidia todas as solenidades da Escola. Para isso era importante o zelo cuidadoso e exigente da bibliotecária Alda Pinto Costa, naquela época ainda solteira. Ela fora sempre muito ligada, por laços de família e colaboração entusiasta a D. Sinhá e seus trabalhos assistenciais.

Em setembro de 1965, um momento de grande emoção para a ETE: em seu jardim foi inaugurado o busto de Sinhá Moreira. À cerimônia compareceram alunos e ex-alunos, amigos e parentes de Sinhá. Bilac Pinto, eleito presidente da Câmara dos Deputados nesse mesmo ano, continuava prestando assistência à escola. Em 1966 teve de se ausentar do país para assumir o cargo de embaixador do Brasil na França. Ao voltar, em 1970, foi nomeado juiz do Tribunal Superior Eleitoral, continuando o seu esforço em manter a ETE bem assessorada. Em 1976, Bilac Pinto foi eleito vice-presidente do Supremo Tribunal Federal, aumentando seu campo de ação e mostrando, em Brasília, a deputados, senadores e ministros a importância do investimento feito por sua cunhada na cidade onde ele nascera.

O Inatel

Em 1965 foi criado o INATEL – Instituto Nacional de Telecomunicações – então concebido pelos professores da Escola Federal de Engenharia de Itajubá (EFEI) como um curso operacional de engenharia de telecomunicações.

Essa foi uma idéia do professor Nogueira Leite que, em julho de 1964, apresentou o projeto à Sociedade Amigos de Santa Rita. As autoridades e lideranças locais imediatamente apoiaram a fundação do Inatel, vislumbrando o benefício futuro que poderia gerar para o município.

No início, houve muita improvisação:

– Os professores traziam caixas de giz de Itajubá para dar aulas, – conta o professor Mário Augusto de Souza Nunes, atual coordenador do Núcleo de Empreendedorismo do Inatel.

Os laboratórios usavam as dependências da Escola Técnica e do Tiro de Guerra. Hoje, a faculdade ocupa uma área de 75 mil metros quadrados na encosta de um morro na cidade.

No ano de 1968, Santa Rita do Sapucaí recebeu a visita do então presidente do Brasil, o marechal Costa e Silva. Além de paraninfar a primeira turma de engenheiros de operação do Inatel, participou da inauguração das novas instalações da Escola Técnica de Eletrônica Francisco Moreira da Costa.

Na cerimônia da formatura, num auditório com cerca de duas mil pessoas, o chefe de Governo, após a entrega do diploma ao representante da turma, proferiu o seu discurso trazendo à memória aquela que foi a idealizadora desse projeto. Tendo no palco do auditório as fotos de Sinhá Moreira e do ex-presidente Delfim Moreira, o marechal Costa e Silva pediu que ficassem todos de pé, observando, então, alguns instantes de silêncio em homenagem a Dona Sinhá.

No final da década de 70, teve início o primeiro movimento concreto de incubação de empresas na cidade, partindo da iniciativa de um grupo de alunos e ex-alunos do Inatel e de professores da ETE e do Inatel. Iniciou-se um movimento objetivando que instituições cedessem instalações, equipamentos e componentes eletroeletrônicos para que os jovens empreendedores desenvolvessem retransmissores para sinais de televisão. Dessa experiência surgiu a Linear Equipamentos Eletrônicos. A empresa tem hoje forte presença no mercado de transmissores de TV em VHF e UHF, tendo produzido mais de 25 mil equipamentos e vendido para mais de 40 países.

Nos anos 80, a ETE e o Inatel criaram suas feiras tecnológicas, para estimular seus alunos a aplicar conhecimentos no uso de tecnologias inovadoras e incentivando-os a criar o seu próprio negócio. A Feira Tecnológica do Inatel (Fetin) e a Feira de Projetos da ETE (Projete) fazem parte do calendário acadêmico das escolas. É comum ouvir os donos das pequenas e médias empresas de Santa Rita dizerem que "tudo começou quando expus na feira".

Em agosto de 1985, após a Feira Industrial de Santa Rita, por iniciativa da prefeitura e do Inatel, foi lançado um programa oficial de incentivo às indústrias. Surgia, assim, a fama de Vale da Eletrônica.

Em 1988, o pólo tecnológico e industrial de Santa Rita tinha um faturamento de US$ 100 milhões, gerava 1.800 empregos diretos e a arrecadação anual do município era da ordem de US$ 20 milhões. No ranking de arrecadação de ICMS do estado, Santa Rita saltou, em cinco anos, do 270º lugar para o 60º.

Nos anos 90, um acordo com a Alemanha deu novo incentivo à indústria de Santa Rita. Foram nove anos de parceria.

– O acordo foi considerado referência e outros estavam por vir, – conta o diretor do Inatel na época, Wander Chaves.

Durante o programa de cooperação, professores, representantes de empresas locais e de órgãos do governo trocaram experiências com especialistas alemães.

Sentindo que esse processo estava se desenvolvendo, a prefeitura contribuiu com algumas iniciativas, entre as quais a criação de uma lei municipal para apoiar programas de incubação e a alocação de pequenas empresas em áreas urbanas de baixa renda. Num desses bairros, instalou-se um centro empresarial com 15 empresas que geram, ao todo, 600 empregos. A Incubadora do Inatel, que acolhe apenas projetos de alunos e ex-alunos da escola, já graduou 22 empresas. Destas, 19 estão em plena atividade, gerando para a cidade 600 empregos diretos e 1.500 indiretos.

Hoje, Santa Rita do Sapucaí é reconhecida internacionalmente como "O Vale da Eletrônica", um dos principais pólos de desenvolvimento tecnológico do Brasil, pela alta qualidade de seus produtos, que são exportados para diversos países. O desenvolvimento de tecnologia de ponta tem seus alicerces na eficiente estrutura educacional de nível técnico e superior nas áreas de Eletrônica, Informática, Telecomunicações e Administração existentes no município.

Em reportagem na revista *Veja*, (1º de fevereiro de 2006), onde a Universidade Estadual de Campinas é apontada como a geradora da tecnologia do carro biocombustível, alegam que uma das razões é o ambiente tecnológico que essa região vive, "ao ponto de seu entorno ser apelidado de Vale do Silício Brasileiro".

Este entorno, a que a reportagem se refere, inclui a cidade de Santa Rita do Sapucaí. E quando se fala da importância da eletrônica no desenvolvimento do Brasil, lembram o nome de Luzia Rennó Moreira, a Sinhá Moreira, aristocrata rural que deu o primeiro passo para essa transformação.

A ETE se faz presente até hoje como um centro de pesquisa, pela formação de mão-de-obra com qualificação para as indústrias da região e pela interação entre a escola e as empresas. Com esse intuito, a escola criou o Centro de Desenvolvimento da Escola Técnica de Eletrônica Francisco Moreira da Costa (CDETE), responsável pelo processo de incubação, oferecendo às empresas participação nas instalações físicas, infra-estrutura dos laboratórios, bibliotecas e assistência gerencial.

"ESSA MULHER VALE POR DEZ HOMENS"

Falar sobre a vida dessa mulher nos faz avaliar muitas coisas. Uma vida que teve um propósito e cumpriu com esse propósito de despender de seus bens para criar condições para o bem-estar e o desenvolvimento de seu povo. Acima de qualquer vínculo político, sua preocupação era com a nação.

Com seu jeito mineiro, falando baixo, mas ao mesmo tempo de personalidade forte, essa mulher conseguia, com seu trabalho, encantar presidentes, ministros, deputados, mesmo existindo entre eles discórdias políticas. Seu projeto era maior, ela era uma pessoa que acreditava e justamente essa sua determinação contagiava todos. Amigos, operários, padres, trabalharam com muito empenho para ajudá-la na realização de seus objetivos.

A vida não lhe deu filhos naturais, mas com certeza ela ainda existe no coração de milhares de pessoas que, quando crianças, tiveram o privilégio de tê-la como protetora na sua educação escolar.

Este livro foi impresso nas oficinas gráficas da RR Donnelley Moore,
em papel polém bold 90g (miolo) e couche fosco 115g (caderno de fotos),
utilizando as fontes AGaramond e Nuance, em 2007.